三日月書版

三日月書版

萬獸之國
黛妃
JNE*靜 illust.
Wan Shou Zhi Guo
Presented by
DaiFei and JneJing
上
ER05
三日月書版

萬獸之國

Presented by
DaiFei and JneJing

CONTENTS

第一章

喬宓有意識的時候，她已經不是人了。確切來說，她變成了一隻貓……

凜凜寒風中，她凍得瑟瑟發抖，蜷縮在墜滿累累白雪的小松樹下。好在此時暴風雪已經停了，餘下枝頭末梢的積雪，漫漫揚揚落在她頭頂。

飛雪化作凍水很快滲入了皮毛中，冰得她不住顫慄，伸出手……爪子吃力地抓了抓，她有些崩潰了。

半個小時前，她還是一名青春無限的高中生，半個小時後，她變成了一隻迷失在暴風雪中的蠢貓！

起初她只是單純地以為世界巨大化了，要不是抓雪地時揮出了那兩隻毛茸茸的貓爪，她差點就相信了。雙瞳一聚光，還能隱約看見掛著冰屑的粉色貓鼻頭。

「喵！」她從內心深處吶喊出的求救信號，到嘴邊時，就變成了細弱的喵嗚聲，聽著還有幾分小幼貓的感覺，可憐得讓人心碎。

完蛋，語言也不通了。冰天雪地，她實在沒有勇氣離開目前這個避風處，最重要的是——她還不能接受四條腿走路的現實！

也不知等了多久，久到她緊貼著冰雪的小肚皮已經被凍到失去了知覺，遠處的山坡上終於出現了一個不明生物。因為漫天白雪折射的光芒太刺眼，她一時之間也看不太清楚。

「喵喵喵！」她用盡了最後的力氣發出求救的聲音，只祈禱著那會是一個人，一個善良的鏟屎官。

很快，在看清那道影子時，喬宓直覺老天爺可能沒有給她安排穿越主角的命運光環。

老虎這種大型食肉動物，她有在動物園看過，但是眼前這種巨大如山的純白色老虎，她還是第一次看到。要不是牠低頭時，露出了頭上隱隱約約一個霸道的「王」字，她還以為是什麼新型物種呢。

「喵嗚……」她弱弱地嗚咽了一聲，就忍不住往樹幹後面縮。白虎實在是太強大了，從鼻中噴出的溫熱氣息都能將她身邊的積雪打飛起來。

牠似乎在看她，微微俯下的虎頭一動也不動，泛著棕色幽光的獸瞳壓迫性太強，她根本承受不住。

同樣都是貓科動物，牠是站在食物鍊頂端的王者，而她是落在末尾的弱者，天生就懼怕來自強者的威壓。

喬宓已經躲無可躲了，三指粗的小松樹對她來說是棵大樹，對大白虎而言卻小得不能再小。當雜亂的樹梢擋住了她弱小的貓軀時，牠有些不滿地輕哼著，隱約露出了鋒利的巨齒。

「喵！」牠龐大的爪子竟然朝她揮了過來，喬宓勉強躲了過去，那一揮的殺傷力太大，在她身邊一毫米的地方留下了一道可怕的深坑，嚇得她立刻豎起毛，以為要被當做充飢的貓肉了。

她張開四隻凍僵的腳就往風雪裡奔，這樣的舉動無疑觸怒了大白虎，牠再一次揮下爪子，直接將喬宓避風的小松樹折斷了。

「吼！」牠低嚎一聲，那震耳欲聾的音量，嚇得喬宓四肢發軟，差點陷在積雪中拔不出腳。

於是，深山的雪地中上演了很奇怪的一幕，一隻白色的貓吃力地在雪裡「喵嗚」匍匐著，身後緊跟著一隻大白虎，優哉遊哉地追著，似乎在玩貓捉老鼠的小遊戲。

直到那隻貓徹底跑不動了，大白虎才慢吞吞地將她從雪裡抓了出來，低頭張開了滿布森寒巨齒的虎口……將她輕輕地叼了起來。

喬宓是被熱醒的，和噩夢中被大白虎一口吃掉的情節不一樣，她現在居然睡在牠的肚皮下，厚實的虎毛將她遮掩得密不通風，傳遞著來自牠身上的熾熱溫度。

大概是這一覺睡得太舒服了，她擱在牠前腳上的貓下巴，還悠悠吐出粉嫩的小舌，本能地輕嗚著，軟妙輕顫，甚是撓人心扉。

牠正側著虎頭看她，大概是被萌到了，冷沉的獸瞳幽光暗轉，張開虎口，在她來不及反應時，巨大的虎舌就舔在了她小巧的貓臉上。

等牠心滿意足地收回舌頭，她毛茸茸的貓臉上已是溼漉漉一片，露出的粉舌上滿是牠的唾液……

喬宓：「！！！」好噁心！礙於大白虎咄咄逼人的可怕目光，她暗暗將舌頭縮回了嘴裡，下意識地吞嚥了口水，屬於牠的那一份，並沒有過多的食肉異味。

後來，喬宓才發現自己被大白虎叼進了一座山洞裡，大概是牠的巢穴，沒有暴風雪的肆虐，她總算是保住了一條貓命。

起初，她還有些懼怕自己被老虎當做了儲備糧食，漸漸地卻發現不是那麼回事。首先，相處的幾日裡，她並沒有看到牠進食；其次，在她餓到快死時，牠不知上哪抓了一頭有奶的羊來，讓她喝奶。

剛開始喬宓並不能接受這樣的進食方法，可是餓久了，也忍不住忘卻了幾分人的本能。

日復一日，她和大白虎相安無事地生活著，大部分的時間裡，牠都窩在山洞的角落閉目養神。被養胖些許的喬宓若是睏了，就會乖乖鑽到牠懷裡去睡覺，牠似乎也喜歡她這樣做。

半個月後，陽光開始普照在深山裡，積雪漸漸融化，昭示著春天的到來。

當洞口的殘雪中冒出一株又一株嫩綠的草芽時，神奇的事情發生了。

「小貓兒，過來。」連續三日沒睜開過眼睛的大白虎，在醒來的第一時間，看著在角落玩草球的喬宓，竟然張口說話了！

和牠平日發出的可怕虎吼不一樣，這一道沉沉男聲悅耳至極，聽得喬宓一個恍惚，壓扁了身下好不容易捲起的草球，呆愣地看著牠撐起龐大的虎軀，占據了半座山洞。

緊接著，一道亮光閃過，方才白虎站立的地方，赫然出現了一道修長的身影。那男子足有兩公尺多高，一頭白髮瀟灑飄逸，渾身精光赤裸……

人人都說攝政王景琮養的那隻貓，是被寵上了天，不論何時遇見，都是雪白一團乖巧地窩在攝政王的懷中。就連上朝時，她也被放在軟綿綿的龍椅上，連小皇帝都沒有她珍貴。

不乏有人說那貓是惰性成災，唯有喬宓自己是苦不堪言。她真的不是懶，而是不喜歡用四條腿走路罷了！

今日朝野之上，氣氛格外凝重，金碧輝煌的莊穆朝天殿內，文武百官齊齊跪了一地。

只見為首的大國相裴禎赫然站在群臣之前，一身朱紫飛鶴朝服使他英挺的身姿更加俊逸，面若冠玉的臉上泛著淡然，舉著手中的白玉牌上奏道：「當年可是攝政王親口喻下，只待陛下十五之齡，便可主持親政。而今陛下已然十六，親政一事切不可再拖延了。」

年過二十六歲的裴國相在景國也是個風雲人物，年紀輕輕就位列百官之首，性格剛正不阿，還是個翩翩如玉的美男子，招惹許多民間女子戀慕。

窩在攝政王懷中的喬宓終於不睏了，透亮的黑寶石貓瞳，灼灼地看著九重玉階下的裴禎，朗朗悅耳的聲音，讓她不禁有些著迷。

「是嗎？」忽而頭頂處傳來一聲低沉的笑意，夾著絲絲寒意，在空曠死寂的大殿中蕩開，引出幾分讓人脊骨發涼的恐慌。

喬忞也被這陰冷的笑聲嚇得一縮，大概是察覺到她的不安，抱著她的男人難得溫柔地撫了撫她的貓腦袋，冰涼的指腹在厚實的白色絨毛中緩緩梳過，她忍不住呼嚕了一聲。

「喵嗚～」正是氣氛緊張時，她這嬌萌的一個喵嗚，瞬間化解了幾分凝固。

「親政？陛下覺得呢？」

被攝政王點到名的少帝額頭都在冒冷汗，遮擋了天顏的龍冕珠旒急晃，顫著唇結結巴巴道：「皇、皇叔父攝政多年，黎民安康，寡人尚年幼，親、親政之事，可延後。」

說真的，喬忞十二萬分同情這位小皇帝，六歲登基就被景琮當做傀儡，這麼多年來活在隨時可能掉腦袋的高風險中，若不是裴國相大義凜然與攝政王敵對，他可能已經是老虎標本了。

不過，才十六歲的少帝看起來還真挺英俊的，和景琮的一頭白髮不同，他束在龍冕下的黑髮烏亮。皇室白虎一族的男性顏值都不低，他這般唇紅齒白的樣子，很是讓喬忞喜歡。

哼！不像他這皇叔父，有著天人之姿，卻是個冰山老變態。

「喵~」忽而小腦袋被敲了一下，她有些呆滯地抬起頭，正對上二十九歲老變態似笑非笑的目光，嚇得貓尾巴都翹起來了，趕忙往他懷裡鑽，連最喜歡的裴禎都不敢看了。

景琮在帝宮設了攝政王寢宮，他很少回攝政王府，今日也不例外，由黑豹化成的鐵甲軍隨侍，一路浩浩蕩蕩坐著龍輦抬到了玄天殿。

進了內殿，他忽然將懷中的喬宓提著後頸拎起來，看著她那雙裝可憐的水潤貓瞳，伸出一指便點在了她毛茸茸的額間，反手就毫不留情地將胖萌的她往赤金龍床上扔去。

亮光乍現，落入軟綿金龍床褥中的喬宓，瞬間變了身。

「啊！」原本的細聲喵嗚，這一刻變成了清脆的少女驚呼。

這是一個玄奇的世界，人與獸共存，萬獸只要有靈根便能幻化人身，還能學習術法，雖不到神化的境界，卻也能呼風喚雨。歷經千百年，能化身的獸占據了領導階層，他們的生活與人類無二，卻又是人類所不能企及的。

和最初的萬獸靠自己化身不一樣，獸族的後代誕生時會以人類嬰孩的模樣出生，周歲時會參照父母中比較強的那方化出本體。若是天生靈根較強，就會變回人形，隨著術法修煉而變強，隨心所欲地變換人身和本體。

若是沒有靈根，會直接變成獸形，不過靠著後天修煉和藥物輔助，再化出人形也不是不可能。

當然，這個世界也是存在低等獸類的，註定變不了身，命運是被抬上餐桌。

三年前喬宓遇到景琮時，正是他術法修煉到緊要關頭之際，需要化作本體閉關進化。出於難得的慈悲心，他將她帶回攝政王府養了三年，期間餵了不少藥物，都沒辦法把她變成人。

直到上個月，他心血來潮，將一股法力注在指間點中了她的額頭，經歷可怕的劇痛後，她終於成功化身了。

後來她才知道，這樣強行變人的方法很容易要獸命，若不是喬宓的本體有靈根，加上吃了多年的藥物，只怕景琮那一指下去，她早成死貓了！

「啊！你又丟我！」滾落在床間，恢復少女身的喬宓一身赤裸，翹著渾圓嫩白的小屁股就往被子裡鑽，原本和人類相同的尾骨處，卻晃著一條長長的白色貓尾。

那是被強行化身的後遺症，不光有條貓尾巴，腦袋上還豎著一對白裡透粉的貓耳朵。

景琮脫了身上的黑色九爪龍袍大裳，目光幽沉地看著在床間掙扎的少女，跪爬著的兩條玉白小腿微微分開，翹起甩動的貓尾，半遮住肉褶如花的後穴，撩得人心癢。

在喬宓大半個身子都藏進華美的天鵝絨衾被裡時，股間驀然一陣疼，尾巴竟被景琮抓住了。

「呀！你別扯我的尾巴，那是真的！疼死了！」她忍不住痛呼著。

「出來。」說真的，喬宓很不喜歡幻化人形時會赤裸的設定，一是因為景琮說過，她三年前看過他沒穿衣服的樣子，所以這輩子都得當他的貓；二則是因為現在，挺著一對圓嫩的乳被他看了又看，真心不舒坦。

……喂，看就看，摸什麼摸！身高和實力的差距，使得喬宓即使變成了人形，被景琮抱入懷中也嬌弱得不比貓大多少，分開兩條纖細勻稱的美腿坐在他腿間，開始了日常愛的被摸摸。

貓變身的少女一身雪肌滑如凝脂，玲瓏有致的曲線甚得男人心，而喬宓的模樣更是生得粉雕玉琢，向來不近女色的攝政王，從上個月就開始轉性了。

只見他修長的五指握著盈盈椒乳，輕挑著她粉色的櫻果，喬宓當即羞紅了四隻耳朵。

她有一對小巧的人耳，而三千青絲中還豎著兩隻一指長的茸茸貓耳，乍看還滿萌的，聽力較常人也清晰數倍。

景琮格外喜歡她的那雙貓耳朵，在她害怕的時候，透著絲絲粉色的短絨毛貓耳總是會輕輕發抖，若是張嘴含住……

第二章

香軟毛茸的耳尖被景琮含在薄唇間，輕輕抿了抿，就打溼了一撮絨毛。那是喬宓最敏感的地方之一，不過舔了一下，她就如水般癱軟在他懷中，嬌顫著清靈靈的少女音。

「唔～不要，不要舔我的耳朵，好癢！」纖白細嫩的小手亂舞著去推搡景琮壯碩的肩膀，瑟縮著脖頸想要從他的挑逗中逃出，卻被景琮捉住了一隻柔荑。

「不許亂動。」被口水浸溼的粉白貓耳低垂輕抖，他這一聲威懾力極強的話語，驚得喬宓在他懷中仰起小臉，粉光若膩透著嬌俏魅惑，一雙比原先貓眼還要美幾分的黑瞳，氤氳著薄薄的水霧。瞬間，蠱惑了他的心。

握著手中軟綿似無骨的小手含入口中，看著喬宓敢怒不敢言，嘟囔著小嘴憤惱的模樣，景琮便覺很是愉悅，涼薄的唇側多了戲謔的笑意。

「小宓兒這手指頭倒比貓掌香軟得多。」

平素他喜歡捏她肉肉的貓掌把玩，待化作人身，便改變了喜好，每次都喜歡將她的手指全舔遍。

他本就生得高貴陰冷，一雙沉浮皇權多年的銳利眼眸，深邃如淵的可怕，每每含著她的手指時，喬宓都有種要被生吞活剝的感覺，嚇得後背冒冷汗。

現在也差不多，他玩夠了，就捉住她的後頸，透著寒芒的目光落在她的丹唇間。

「張嘴，含住。」不等她反應，他的手指便塞進她的嘴裡，修長的食指強勢入侵，挑著軟滑的妙舌就一陣勾逗，偶爾碰在整齊的瓷白貝齒上，更是攪得香液橫生。

「唔~難……受！」她被迫抬高了下顎，小小的櫻唇閉合不上，在他的指腹滑過舌根時，自然地反嘔，差點被口水嗆著。泠泠的水眸多了幾許無助，下意識吸住了那模擬性交而抽動的手指。

慣來冷感的攝政王此時腹間燥熱一片，原是只在初春時才會有的感覺，現在他大概是被她挑起了情欲，忍不住抽出裹滿口水的手指，掐著她紅潤的桃腮，俯身吻住那張紅豔豔的小嘴。

兩唇相交，他的舌頭過於粗厚，塞進她的檀口中，風捲雲殘地掠奪著攪起的香液。耳邊盡是喬宓無措的嬌嗚聲，弱得讓他從本性中爆發出凌虐的快感。

一面咬著丁香小舌狂猛吸吮，一面空出一手握住她胸前抖動的椒乳揉捏，綿軟的乳肉在他的掌中被迫變了形。

喬宓苦不堪言，後頸的脊骨被景琮捏著，根本躲不開他的霸吻，原本還口水溼潤的小嘴，此刻全被他吸得乾涸，緋色的兩片丹唇更是火辣辣的疼，倒是胸前被他捏得還有幾分舒坦。

「唔唔！」他竟然在吸了她的檀口後，反餵了他的口水過來，滿滿屬於他的冷凝氣息，幽幽侵占了她的口鼻。

在她幾經艱難吞下他餵來的東西後，他才心滿意足地放開她。彼時喬宓已經渾身發軟了，吐氣如蘭地嬌喘著窩在他寬闊的懷中，亂了神智。

不過才享用了冰山一角，景琮哪裡能滿足，大掌輕撫著少女不停起伏的纖柔後背，光裸的冰肌瑩澈，讓他愛不釋手。

「不如換個更大的給小宓兒吃吃吧。」他那染上情欲的聲音依舊冷沉得可怕，卻沒有了在朝臣面前的肅殺，反倒多了幾分柔意。

迷濛間，隔著他未褪盡的華貴衣物，張開腿的喬宓便察覺到了異樣，那個見過好幾次的巨龍，已經在他的褲中覺醒了。

「不要！」素白的手指忙捂住滏亮的丹唇，她急迫地想從龍床跳下去。景琮似乎早有預料，泛著棕色冷光的眼睛微瞇，擒住了她的尾巴。

「乖一些，用這裡還是用下面，自己選……不過，若是下面的話，可就不是在外頭那麼簡單了。」

除了那雙萌萌的貓耳，長長的尾巴更是喬宓的罩門，被景琮捉在手中還未用力，她就疼得倒抽冷氣，苦怨地瞪著眼前這個男人。對著文武百官發號施令時，都沒見他說過這麼多個字！

上面和下面的選擇，她很清楚後果，變身的短短一個月間，他對她似乎有種超乎想像的親暱，床榻間的魚水之歡成了最直接的表現，不過至今為止他們還沒有做到最後一步。她隱隱覺得，今天如果不乖的話，大概會被壓著上的。

他好整以暇地靠在赤金蟠龍的床欄迎枕上，把玩著她長長的烏黑青絲，看著她芳菲嫵媚的小臉幾經糾結變化，似乎得出了最後答案。

「只許一次……你、你那個太大了，我、我會疼。」喬宓有些羞怯又懼怕，粉透的貓耳輕顫，甩了甩被景琮放開的貓尾，漂亮的纖柔五指還半遮著小嘴。

待那巨大的猛龍從褲中放出時，喬宓跪坐在床間的小腿都有些發軟。本體為虎的景琮，性器生得異常凶猛，即使化作了人身，那東西看起來也比她的手腕粗。

「王、王爺……還是、還是算了吧。」喬宓不知道別的男人陽物是不是也這麼大，可是景琮這胯間之物實在嚇人，之前幾日他們都是用腿交或別的方法，眼看今日格外興奮的巨龍，哪是她這小嘴能含住的？

她緊張得直嚥口水，浮著一層淡緋的凝脂肌膚已經透出薄薄香汗。

攝政王卻是慵懶地挑了挑陰鷙的長眉，冷哼道：「嗯？算了？」

他這個樣子和方才朝堂上的冷戾如出一轍，小皇帝都能被他嚇呆，更別提喬宓了，忙湊上朝霞映雪般的嬌靨，如貓般在他的胸前蹭了蹭。

「我只是有些怕，太大了嘛～」這話對哪個男人不管用？何況是出自喬宓這般萌化人心的小傢伙，嬌鶯初囀的聲音彷若鴻羽，毫不自知地撩撥著人心。

三年的相處，她可是最會觀察景琮心思的人了，這人就是吃軟不吃硬，對應時要識時務地放低姿態。曾幾何時，她見過許多不懂小意討好的人，下場都是被攝政王折磨得生不如死。

一想到他創下的百大酷刑，喬宓趕緊撲進他懷中，隔著幾毫的距離，看著那高昂的危險巨龍，也沒剛才那麼害怕了。

她的乖巧無疑最得景琮的心，幽寒的棕瞳溢出了笑意，大掌輕柔地揉了揉她的小腦袋，連帶兩隻貓耳都被他順了順。

試探地舔了舔那巨碩的肉頭，粉嫩的小舌輕巧地滑過泌著水光的小孔，猙獰的肉棒凶猛一跳，彈在喬宓的桃頰上，嚇得她驚呼著往後躲了躲。

「妳這貓膽子也真夠小。」她皺著美眸戒備的模樣，讓景琮笑出了聲，冰山般的高傲天顏融化了一角。

等喬宓再俯身下去時，那陽物又壯大了幾分。她還是第一次幫男人口交，緊張得喉嚨都發乾了，明眸微動咬著丹唇，顫抖著小手扶住了那可怕的巨龍。

手中的滾燙灼得她瞪大了眼睛，平常景琮將這東西抵在她腿間抽插時，她便覺得又硬又熱，現在親手摸著更加真實了幾分，難怪每次都把她磨得雙腿破皮。

「這麼大，小宓兒不喜歡？」他的聲音低醇迷人，充滿了成熟男人的魅惑，隱隱壓住情欲的陰寒口吻，聽著便讓喬宓心肝發顫，不停地點頭。

「那就快點吃吧。」他似乎已經迫不及待，想看少女的櫻唇要如何費力地吞嚥自己的東西。

含住肉頭時，蓬勃在雙手中的青紫肉棒便快握不住了，喬宓努力地張大小嘴，才勉強將龜頭吃進口中，舌頭被頂在頭冠處，根本無法動彈。

「嗚嗚！」被迫撐大的嘴角火辣辣地疼，她不得不分出一隻手抵在景琮精壯的大腿間，緩解喘不過氣的難受。

她的小嘴軟綿綿又滑嫩得緊，被裹住龜頭的景琮微微瞇起了眼睛，將喬宓散亂的長髮撥到了另一邊，看著她緋紅的小臉被塞得鼓起，冰涼的指腹隔著桃腮按了按，「唔！」

「這嘴兒果然太小了。」他很喜歡被她口交的感覺，遺憾的是她的嘴太小，含住頂端就到了極限，剩下的還凶殘地露在空氣中呢。

喬宓紅著眼想要將侵占口腔的巨物推出去，卻被景琮按住後腦勺，微微施力，壓著她往陽柱上深吞了幾分。瞬間頂端抵在了喉頭上，她疼得聲音都卡住了，翹高了小屁股上的雪白尾巴無助地亂甩。

等到壓住頭的力道弱了些，喬宓便試著撐起身子來，強勢戳入口中的肉柱稍稍退出了幾分，帶著大量無法吞嚥的唾液，染溼了餘下的棒身，齊整的瓷牙擦在頭冠的薄肉上，隱約聽見景琮輕哼了一聲。

「乖，繼續。」摸了摸她豎起的毛茸貓耳，他沉聲催促著。如此一來，還未退出的肉頭又撞了進來，大概是適應了些許，這次又多頂入了些許，來來回回輕緩抽插，直弄得喬宓呼吸紊亂，悄聲嗚咽。

她過於笨拙的撫弄著餘下的棒身，纖柔的素指在摸到微涼的陰囊時，景琮插入的動作快了一拍，讓她有些措手不及。

「再揉揉那裡。」難得聽見強大的攝政王也要繃緊聲音，喬宓從最初的痛苦，終於轉化了些許情趣出來，綿軟的小手裹住那兩顆巨大的卵袋輕揉，插入的動作加劇間，還不時用手指輕刮著猙獰的青筋挑逗。

她這玩得正上癮，景琮的大掌不知何時已經摸到了她的臀間，嬌嫩的小屁股被他捏得發紅，順便逮住了亂甩的尾巴，和平時一樣握在手中順了順。

頓時，異樣的熱感從腿心間蔓延開來，喬宓下意識地夾緊雙腿，費力吞嚥肉棒，輕嗚著想要抽出尾巴。

「小宓兒這尾巴倒比平時靈活多了。」看著逃脫不了便纏住自己手腕的長尾，景琮也不是很在意，一邊享受著喬宓賣力的口活，一邊伸出食指撫摸她隱祕的後穴。

「唔！」發緊的小褶皺如花般嬌嫩，微涼的手指才輕刮了一下，半跪著的少女就渾身一顫，勒住他手腕的貓尾緊了幾分。

「別擔心，只是摸摸罷了，專心些。」他好整以暇地說了一句，手指卻在離開菊穴後，隱隱滑向了會陰處，再往前就是她的私處了。

她緊閉的雙腿並未阻止他的觸碰，修長的食指遊走在花間縫隙上，和之前的乾澀不同，現在花口已經不知不覺分泌出大量的黏液。

「出水了。」正在奮力吸著的喬宓，差點被自己的口水嗆到，難怪總覺得腿間有些溼涼，小臉瞬間紅得透徹，貓尾纏著景琮的手腕想拉開他搗亂的手指。

「妳這貓倒是有幾分淫性，若是換成口中的粗壯之物，去堵住下面的玉門，必定會更加歡喜吧。」他這麼一說，喬宓還真有些抑制不住地幻想了起來，這手腕般粗壯的巨龍，狂猛地進出下身的蜜穴，那可怕的填充感，她一定會……會被弄哭的！

「又流水了呢，真浪。」高貴如景琮，說起淫話時依舊如天神般高冷，卻苦了喬宓，差些被他這雙重人格給折磨到斷氣。

「唔嗯～」倏地加快了抽插，她那小小檀口被撞得發麻，兩隻小手只能勉強去撐住發軟的身子，大概是快射了，沒了軟綿綿小手的撫弄，景琮只能自己擼動著餘下的大半陽柱，上面沾滿了她溼亮的唾液。

帶著獸族的原始本能低吼了一聲，大股精液就爆開在喬宓的嘴裡，瞬間失去力氣的她被沖得往後一仰，脫離了桎梏就倒在了床間，還未噴湧完的灼液，猝不及防射了她一臉。

好半晌，喬宓都在失神，空洞著溼亮美眸躺在華貴的被褥中，閉合不上的小嘴裡灌滿了雄性氣息的濃液，瑩白的嬌靨緋紅，急促的呼吸間，無意識地小口吞嚥著。

「咕嚕咕嚕……」微燙的液體爭先恐後流入了食道，待她清醒幾分時，才發現不只臉上，連一對椒乳上都殘留著他射出的東西。

也不知景琮何時換了一襲紫金龍袍，再回到龍床時，看著癱軟無力的她，便冷然一笑，微揚的鳳眸間隱約透著幾分寵溺。他微微俯身，方才摸遍她全身的手指，現在伸向了她的嫩胸。食指勾著乳尖快要滑落的灼液，便來到了她張開的雙腿間。

「真漂亮。」屬於少女的陰戶嬌美得誘人，每次景琮都喜歡多看幾眼。指間的濃液還有幾分溫度，在喬宓輕柔的嗚咽聲中，他勾著唇，將屬於他的東西餵進了處子穴中。

不過進入了幾公分，緊裹的花肉就吸得手指動作艱難，隱約還能觸到一片薄膜。

第三章

下午是攝政王到御龍殿處理政務的時間，景琮帶了喬宓過去，與往日抱著的小貓不同，今日她化作了人身跟在他左右。

穿著百褶如意芙蓉裙的喬宓身姿纖嬈，長著一雙貓耳的小腦袋上梳著一個低垂的花髻，小臉上酒窩嫣然，特別是那雙眼睛，格外澄澈清美。

大概是她過於嬌俏跳脫，下了龍輦後，就被景琮牽住了小手，不得不乖乖地跟在他身側行走。奈何他步伐過大，她跟得極為吃力。

景國上下大半都是獸族化作的人形，無論男女身高都很是驚人，才一百六十五公分的喬宓在他們當中，可說是嬌小過頭了。

「攝政王駕到。」敢在御龍殿前喊駕的，前後八百年約莫也就只有霸權的景琮了。身後護衛的鐵甲禁軍整齊的腳步聲才轟然停下，殿內的小皇帝和太傅就匆匆出來了。

「恭迎皇叔父。」小皇帝深深鞠了一躬，高傲冷淡的景琮只低沉應了一聲，雙手負在墨色的刺金龍袍後，高大的挺拔身影率先入殿。他這一走，連喬宓都鬆了口氣。

方才那股威壓實在太可怕了！看著臉色慘白的俊秀少帝，喬宓再次同情心氾濫。

御龍殿本是歷代虎皇處理政務召見朝臣的地方，如今卻被景琮理所應當地占據，卻也沒人敢說個「不」字。玉階上的九龍赤金御座寬大舒適，喬宓摸著坐了上去，在眾人驚恐的目光中，十分不要命地和攝政王肩並著肩，手摸著手。

看什麼看？平時她都是在龍椅上睡覺的，好嗎？

平心而論，景琮這個老冰山除了霸道狠絕外，可取之處還是有很多的。比如他那張被譽為景國第一美的臉，時常讓喬宓迷了心神，再來就是那雙握著蟠龍御筆的手，骨節修長白淨，豐潤而有力……

「過去和他玩。」啊？正想入非非的喬宓被景琮冷沉的聲音驀然驚醒，愣怔地往大殿內側看去，由太傅教導的少帝也正忐忑不安地看她。

「不去，他在學東西，我不要和他玩。」少女清鶯初囀的聲音還透著幾分嬌蠻，作為第一個敢如此反駁攝政王的人，喬宓很快就知道什麼叫悲劇了。

她不只被嚴令坐到少帝身邊，還為她擺了張桌子、堆了一堆書，一旁的漂亮宮娥研著墨更不停善意地提醒著，「小姐，王爺有吩咐，日落之前得抄完一本。」

喬宓看著手中的書冊，抄到明天日落恐怕都夠嗆，一雙清透的美眸憤憤地看向遠處玉階上的景琮，檀口中的銀牙都快咬斷了。

哼！男人就是靠不住，在床上脫了衣服，都能舔著她的腳叫小心肝了，下床穿上衣服就翻臉不認人，簡直太無情了。

「我幫妳抄吧。」

「真的嗎？」

她連忙看向身側的俊秀少帝，臉上綻開了姝麗的笑，灼灼目光幾乎讓景暘忘記一切。甚少接觸女子的他，頭一次紅透了耳根。

「咦，你的耳朵怎麼紅了？這樣吧，你幫我抄下冊，我自己抄上冊。講真的，你是個好人！」不枉費她默默同情他這麼久。

喬宓此刻語無倫次地兀自開心，景暘清朗的目光卻一直停留在她那雙微顫的貓耳上，雪白毛茸粉透，很是勾人，撩得他忍不住想伸手摸一摸。

「妳的耳朵……真可愛。」景暘的術法修為雖然不高，卻也能看透喬宓的本體，就是那隻被攝政王日日帶在身邊的貓。以往他就很喜歡漂亮似雪團的她，今日難得坐在一起，還是變化成少女的模樣，讓他莫名有些羞澀。

「是嗎？我也覺得自己很可愛。」喬宓笑著摸了摸自己的貓耳，手中的絨毛順滑，難怪平常景琮都愛不釋手，末了還不忘臭美一番。

大概是兩人說話的聲音有點大，御座上的景琮看了過來，冰冷的視線嚇得兩人瞬間不敢多言。湊巧有朝臣進來商議政事，景琮這才幽幽收回了目光。

喬宓悄悄地對著老冰山吐了吐粉色的小舌，正巧被景暘看見，她這般調皮的模樣惹得他抿嘴一笑，「妳不怕皇叔父嗎？」

「不怕呀。」才怪！

少帝景暘又湊過來幾分，看著喬宓筆下東倒西歪的字，急忙拿了自己的御筆和書冊過來，一邊寫一邊指導喬宓，「這一筆且柔些，撇過去不要大力，要緊湊……」

「誒誒，你寫慢點，我還沒看清楚。」

等景琮再往這邊看來時，並桌而坐的兩人不知何時挨近了，大概是年齡相仿的緣故，少年清秀俊朗，少女嬌萌可愛，坐在一起竟然很是登對養眼。棕色的瞳裡不禁泛起陰鷙的暗光。

「啟稟攝政王，裴國相求見。」

「讓他進來。」景琮冷哼一聲扔了手中的御筆，慵懶地倚靠在御座間，把玩著指間的寶石戒指，殿中的氣氛頓時有些奇怪。

待裴禎那抹朱紫身影進入大殿時，喬宓連筆都握不住了，呆呆地看著裴國相往這邊走來。

「拜見陛下，願陛下萬安。」不得不說裴禎勇氣可嘉，他竟然忽視了景琮，先過來參見景暘。在少帝尷尬的應聲中，他抬起頭來，這還是喬宓頭一次這麼近距離看他。

清貴舒華、溫潤如玉似乎都不足以讚美他，若真要形容，似乎就是池中白蓮了，出淤泥而不染的翩翩風雅，莫怪全國上下的女子都喜歡他……

裴禎淡然的目光掃了一眼呆愣的喬宓，並未對她和皇帝同坐發表異議，只在看著她幾分羞紅的貓耳時，笑了笑，轉身悠然離去。喬宓卻一發不可收拾溺在了那抹如沐春風的笑意間，如墜雲端，飄然不知身在何處了。

「喬宓，喬宓！」少帝景暘看著身側的少女白璧無瑕的桃頰緋紅，澄澈的美眸如痴如醉，就知道她被裴禎之美迷住了，忙拉了拉她的衣裙，壓低聲音喊了好幾次，才將她喚醒。

回過神的喬宓小心臟還撲通撲通歡快地跳著，第一次跳得這麼厲害，還是那年在山洞中看見景琮化身裸男時，第二次就是現在了。

「陛下，國相他的本體是什麼？」恐怕是那年在雪地凍傷了元神，喬宓至今都無法正常修煉術法，低階的她自然看不透別人的本體，更別提裴禎那般修為極高的人了。

「裴國相的本體是獅。」景暘卻不同，縱然這些年被叔父景琮壓制著，不敢過於修煉，可是他說到底是繼承了虎皇一族的先天本領，看透一個修為極高之人的本體還不在話下。

喬宓萬萬沒想到，優雅溫潤的裴國相，本體竟然會是獅子，不禁好奇地多看了幾眼。

這邊裴禎行了官禮，景琮倒是不曾為難他，甚至還讓宮人賜了座。他們倆一個是霸佞之王，一個是忠君之臣，多年來勢同水火，如今早在朝天殿提及親政之事的情形，時而發生，兩派擁臣常爭得唾液橫飛。

「據悉南洲傳回的軍報，夜國已聯合魔族，只怕不需多時就要入侵景國了，還請攝政王調集虎威軍前去抵禦。」

魔族？很久以前喬宓就聽過他們的存在。在萬獸能化身為人的古國，很多獸族為了變強而修煉各種術法，急於成功者多半會走火入魔、墮入魔道，迷失心智成為冰冷的殺人武器。

兩年前，魔族就曾大肆進攻景國邊境，卻被景琮手下的巨齒虎威軍擊敗了，潰散之後消聲滅跡至今。

景琮向來不將手下敗將放在眼中，泛著寒芒的目光掃過南洲遞來的軍報，沉聲道：「不足為慮，且讓烽燭領五萬金豹軍，前去南洲防禦。」

聞言，裴禎卻皺了皺溫和的眉宇，說道：「魔族宵眾確實不用擔心，可是夜國……傳言夜麟是個極其厲害的角色，萬不可掉以輕心。」

這倒是個喬宓沒聽過的人物，急忙拉了拉景暘的龍袍，小聲問道：「夜麟是誰？夜國的皇帝嗎？」

景暘愣愣地看著在自己玄色蟠龍袍上的玉白小手，只覺得心跳很快，悄悄回道：「不是，他是夜國煊皇的第三個兒子，如今已是太子了。」喬宓點了點頭，又專心致志地看著裴禎。

「是嗎？夜煊那老東西愈發不中用了，本王倒要看看他這兒子有幾分厲害？」景琮連連冷笑，頗為玩味地說著。

「小姐，攝政王已經吩咐了，您幾時抄完，幾時才能回玄天殿去。」掌事宮娥看著懨懨趴在紫檀書案上的喬宓，再一次冷酷無情地提醒著。

本來傍晚時喬宓伙同景暘抄完了一冊，景琮卻在檢查時，將景暘的那份握在手中，眼睛都沒眨一下就捏成了灰燼，毫無人性地拋下喬宓就走了。

摸摸饑腸轆轆的小肚子，這是她三年以來第一次知道什麼叫餓，眨著水靈靈的美眸，可憐地看著那漂亮的宮娥，「姐姐，我好餓。」

「玄天殿已備好晚膳，還請小姐趁早抄寫完。」換言之，就是不寫完不僅不能回去，連晚膳都沒得吃。

看著掌事宮娥晃了晃景琮留下的戒尺，喬宓姝麗的小臉上滿是鬱惱，恨不得握在手中的毛筆能化作一把刀，將那紙張看做景琮的臉，亂砍一通。

這段時間景暘來了好幾次，卻被景琮留下的鐵甲禁軍擋了回去，不許他入殿與喬宓接觸。少帝倒是趁著宮娥去端茶的時候，趴在軒窗處悄悄跟喬宓說了幾句話。

「喬喬，妳好好抄寫，很快就能抄完的，我就在隔壁的大殿陪妳。」經過下午的事情，兩人已建立良好的友誼，對於景暘的暱稱，喬宓還挺喜歡的。歪著頭看向縮在窗柩下的景國少帝，苦悶中的她難得輕鬆了些許。

「謝謝你阿暘～」等到景暘依依不捨地走了，看那宮娥還沒有回來，喬宓扔了手中的筆跑到窗邊，往外頭的宮廊看了看。除了偶爾路過的巡邏禁軍，並無閒雜人等。

靈動的黑瞳閃過狡黠的光芒，回頭看看堆滿書籍的桌案，她就對景琮滿是吐槽，再也不想待在這空蕩蕩的大殿了。

等宮娥端著茶水回來時，殿中早已不見喬宓的身影，頓時御龍殿亂作一團，一番搜索下來，卻只在燈火微明的宮廊找到白天喬宓所穿的衣裙，人已不知去向。

「還不快去稟報攝政王！」

第四章

緣分真是個很奇妙的東西，喬宓不得不感慨，上天還是眷顧著她的。從御龍殿化了本體逃跑後，她竟然誤打誤闖跑到了前朝的理事殿中，還一不小心鑽進了裴國相的轎子裡。被裴禎從兩個軟枕中抓出來時，轎子已經出了宮門。

提著雪白如狐的小貓，裴禎溫潤的面上笑意未減。奢華的官轎中點了燭臺，明光下貓熠熠生光的黑瞳格外清亮，一對貓耳微顫，正可憐兮兮地望著他，「喵嗚～」

「妳怎麼跑出來了？」他當然知道這貓是誰，能將一隻貓養得如此漂亮，也就只有景琮了。思及下午長著貓耳的少女的模樣，他連忙將她放在了身側的軟墊上。

喬宓知道被認出來了，便十分乖巧地蜷成一團窩在下國進貢的繡緞軟墊上，眨著清亮的貓眼，試探地伸出一隻腳，碰了碰裴禎的手背。

白色的絨爪，粉粉的肉墊，怎麼看都可愛得誘人。裴禎大概猜到她是偷跑出來的，反手握住正要縮回的貓掌，在掌中輕輕地捏了捏。

「讓我猜猜，攝政王現在一定到處找妳吧？」反問的語氣在他的口中，反而淡然如陳述句，冠玉般美好的俊顏上，笑意優雅，卻又透著一分玩味。

「喵嗚！」秀氣的粉色貓耳輕顫，軟綿綿的叫喚聲中滿是弱弱的哀求，可憐她修為不夠，變回本體後不能說人話。

裴禎臉上的笑意更深了，微眯著溫潤的月目，道：「方才出了宮門，此時打道回去……」他要送她回去？

「喵！」喬苾揚聲高喚，瞬間豎起毛，跳起來就往裴禎的懷裡鑽。他身上的味道和景琮截然不同，淡淡的蘭香浸鼻舒心，而景琮身上永遠是冷沉的龍涎香，帶著戾氣和肅殺。

事實證明，撒嬌賣萌也是個保命的法子，就算裴禎再怎麼不願得罪景琮，也抵不住喬苾那一通亂鬧。他摸了摸臂彎間毛茸茸的小腦袋，不禁嘆息了一聲，「且先帶妳回府吧。」

「喵！」喬苾連忙從大掌的溫柔撫摸下仰起了貓臉，瞳光發亮地歡呼一聲，直叫裴禎無奈地點了點那粉色的小鼻頭。

國相府早期選址，並未定在權貴雲集的玄武大道，而是選擇了平民聚居的青雲街。景國無宵禁，午夜時分的青雲街上依舊車水馬龍、夜市繁鬧。

此刻，喬宓兩隻絨爪正攀著車窗，努力踮著後腳探頭看外面的熱鬧。高貴的攝政王可從不會帶她到這種地方，一旁的裴禎善意地替她掀起厚重的車簾，還不時撫摸著她揮舞的長長貓尾。

「若是喜歡，我帶妳下去走走吧？」正巧行至一個烤魚攤前，四溢的肉香立刻撩得喬宓興奮地叫了起來，仰著蠢萌的小貓臉直勾勾地看著裴禎，哀求的意思不言而喻。

「喵喵！」沒穿越之前，喬宓就喜歡吃魚，不論清蒸紅燒還是碳烤，她都超愛，變成貓後這個喜好更加顯著了。慘無人道的是，景琮並不喜歡吃魚，甚至聞不得一點魚腥味，這直接導致身為寵物的她也沒魚可吃。

猶記得前年冬日，她在御苑玩雪時，看見未曾結冰的未央湖中游著肥美的番邦彩鯉，一時沒控制住本性，就跳進了湖中。結果被一群魚用尾巴無情地拍腫了臉不說，還差點被湖水凍死了。

最後一眾太醫各顯神通救回她的貓命，景琮卻嫌棄她身上的魚腥味，竟然整整一個月沒抱過她！

裴禎抱著喬宓在賣烤魚的簡陋小攤前坐下，般般入畫、優雅清逸的他，在喧鬧的夜市中顯得極其格格不入。可是他卻隨心所欲，面上淡然的笑意更是未減一分。

布衣荊釵的老闆娘端著烤魚緩緩過來，風韻清秀的面皮都羞得紅透了，若非侍衛擋下了她，喬宓懷疑她下一秒可能會直接撲到裴禎的懷裡去。

「喵嗚～喵！」烤至金黃皮脆的魚，撒了各種調味料，撲鼻的香味四溢，誘得喬宓連忙從裴禎的懷中站了起來，抓著桌沿，貓瞳亮亮地盯著魚肉。

「別急。」裴禎清冽的聲音從她頭頂傳來，捉住了她企圖觸碰魚肉的絨爪，兀自拿來一雙筷子，夾了一塊魚肉放在碟中，細心挑掉中間的刺，才夾起遞到喬宓微吐著粉嫩貓舌的嘴邊，「吃吧。」

喬宓呆愣地看著清貴如月的他，溫潤的眸中笑意柔和，彷若春日的午後暖陽，浸人心扉。她一時沒撐住便溺在了那抹翩若驚鴻的笑中，一口魚肉都嘗不出味道就胡亂吞下肚。

「怎麼呆了？剛才不是叫著要吃魚嗎？」他伸出一指點在了她額間，喬宓才恍然清醒過來。平日與景琮用膳時，這些事情都是宮娥們做的，偶爾碰到景琮心情好時，他才可能親手餵食她。可是景琮卻遠不如裴禎這般細心溫柔……

「喵～」喬宓舔了舔油膩膩的嘴角，若不是化身會赤裸這個設定，她這下一定要變成人身，來好好享受男神餵食的全部過程！

解決完一整盤的魚後，喬宓的貓肚子也撐到不行了，水滑的白色絨毛下，泛著淡粉的肚皮圓鼓鼓，懶懶地躺在官轎的軟墊上，悠哉地甩著貓尾，任由裴禎替她擦著嘴巴。

「倒沒想到，妳這般能吃，白天看起來卻很是纖瘦。」這話若是被景琮聽見了，一定會嗤之以鼻。他家的貓自叼回之日，就費盡心思飼養，幻化了少女身後，穿著衣裙時確實看起來纖小可愛，可是脫了衣服就玲瓏有緻了，無論是胸前的椒乳還是渾圓的翹臀，每處摸起來都極為爽手。

已樂不思蜀的喬宓，還真恨不得住到國相府去，讓裴禎這般養著，日子肯定逍遙自在，也不用每日被景琮那冰山老變態剝削了。可惜，想像是美好的，現實卻很殘酷。

亥時將過，夜空繁星密密，馬車行至國相府時，裴禎抱著已經昏昏欲睡的貓慢慢下了轎。袍間美玉環佩清響，看著喬宓的貓耳微顫，他連忙伸手撫了撫枕在臂間的貓腦袋。

「主子，還是送她回宮去吧。」近衛鹿嚴上前勸阻，他跟隨裴禎多年，時常出入宮中，攝政王寵貓若命的傳聞他聽了不知凡幾，更是看多了攝政王抱著貓出席國宴和朝議的景象。如今她跑到裴禎這來，若是不快點送回去，以景琮的脾氣，只怕會大發雷霆。

「您今日才在朝中提及親政一事，攝政王正惱怒著，他若因這貓而給主子扣上莫須有的罪名……」

裴禎揮了揮手，示意他不必再多言。懷中的貓已然熟睡，雪白如狐乖巧得讓人心癢，大掌輕柔地順著她那身白亮軟滑的絨毛，愈是摸愈發愛不釋手，也難怪平日景琮到哪裡都抱著她。

不知怎地，他想起了下午在御龍殿的那抹倩影。嬌巒的少女桃頰泛緋，不點而赤的櫻唇燦如春華，一雙明眸更是皎若秋月。

「喬喬？」他似乎聽見陛下是這麼喚她的。

裴禎方步上府門前的石階時，遠處的街口傳來了一陣嘈雜，獅族的聽力向來厲害，震徹晚風的鐵甲馬蹄聲格外刺耳。

看看懷中甜睡的喬宓，他溫和的眸中浮起淡淡的失望，「他把妳看得這麼重，該怎麼辦呢？」

景琮攝政多年，早已是無冕之王，手下兵權盡握，除了虎威軍，最厲害的就屬常年跟隨王駕旁的五千鐵甲禁軍了。那都是他的親兵，多為出自豹族熊族的勇猛之士，早年隨景琮南征北戰時，廝殺沙場間，讓鄰近幾國都聞風喪膽。

深更半夜被鐵甲軍包圍了府邸，裴禎倒是一派雲淡風輕，換作旁人恐怕早嚇破膽了。

攝政王的御駕奢華至極，四十猛士抬著的龍輦有如小型宮殿，懸在四角飛龍簷下的八寶宮燈微晃，在數千鐵甲軍中步伐齊整地停在了裴府門口。

「不知攝政王深夜駕臨相府，有何要事？」

早在禁軍出現時，喬宓就被驚醒了，此時縮在裴禎的懷中，一顆貓心忐忑不安至極。景琮出動這麼大陣仗找她，不難想像等等被帶回去的下場。

「裴相抱著本王的貓，還明知故問嗎？」好半晌，御輦中才傳出景琮萬年不變的冷笑，霎時讓清爽晚風多了隆冬寒冽。

喬宓用肉肉的絨爪碰了碰裴禎的手心，示意他放她下去。今日她逃跑在先，還破例去吃了烤魚，若是不早點跟景琮服軟……最重要的是，她不能連累裴禎。

將貓輕輕放到地上時，裴禎還未收回手，喬宓就搖著尾巴朝御輦跑去了。臨上去前，還不忘回頭看了眼站在府門前的裴禎，幽暗的燈籠下，長身玉立的他竟顯得有幾分孤寂。

「喵嗚～」謝謝你！還未看清裴禎是否聽到她的聲音，御輦中就襲來一股可怕的力量，喬宓甚至來不及發出聲音，回過神時就被景琮捉在了手中。

現在的情形很危險，喬宓被提著脖頸，在夜明珠的亮光下，景琮看著她的眼神陰森森的，小小貓軀下意識地顫抖著。「喵……」

景琮無視她弱弱的哀求，似笑非笑道：「喜歡與阿暘玩也罷了，怎麼連裴禎也這麼對妳眼了？」

喬宓最怕他用這樣的口吻說話了，牙根都有些顫得慌，貓瞳也不敢看他的眼睛，偷瞄著那一頭被金龍冠束住的白髮，小聲地「喵嗚」著。

「不過是罰妳抄東西，就敢搞失蹤，還跳進了裴禎的懷裡。若是我不來接妳，是不是就打算不要本王了？」抓著貓頸的雙指蒼勁修長，貓身拿捏在他手中輕如紙片。他冷笑著將低眉順目的貓晃了晃，在聞到淡淡的魚腥味時，雙指一鬆，將她丟在了一旁的墨色短毛毯上。

喬宓在精緻的毛毯上打了個滾，換做平時，她一定會用毛茸茸的屁股對著景琮，表達心中憤怒，但是現在她顯然不能這麼做。

白貓躡著四腳靠近了擱置巨大迎枕的赤金龍靠，踩著景琮刺著飛龍的玄紗袍角，將小腦袋在他繫著玉帶的腰間蹭了蹭。老實講，他最後那句話嚇到了她，莫名其妙竟然帶著一股醋意？幻覺，這絕對不是攝政王該有的口氣。

「還不快點變回來。」撥開她雪色的貓頭，這次他一反常態沒有幫她化身，而是要她自己來。

喬宓遲疑了幾秒，卻在他陰寒的目光掃來時，一個顫抖，趕緊「喵嗚」一聲。白光乍現！

第五章

景琮並未再對裴禎發難，下令回攝政王府，御輦平穩地行進。聽著外面整齊劃一的鐵甲聲，喬宓的小心臟正撲通撲通跳得厲害。

化身後赤裸著玲瓏嬌軀的少女，跪坐在棉絨的地毯上，半捂著胸前玉峰，長長的烏黑青絲凌亂地披在肩頭，露出的大片雪肌在夜明珠柔和的光輝照耀下，瑩白冶麗至極。

景琮一邊飲著龍頭金杯中的美酒，一邊打量著喬宓，幽冷的目光透著說不出的危險。喬宓嚇得連尾巴都不敢亂甩了，乖乖地放在身後的楠木地板上，可愛的雪絨貓耳半垂，縮著纖弱的肩頭偷偷看他。

「過來。」兩人的距離並不遠，他低沉地出了聲，喬宓思量再三，還是慢慢地挪了過去。

「王爺，我不是故意逃走的，我只是太餓了，他們不給我東西吃，我才……啊！」話還未說完，她就被景琮拉到了懷中。

虎族的強大基因讓他的身形異常高大，即便是坐著也猶如矗立的大山，箍著嬌小的喬宓時，從骨子裡散出的壓迫感，幾乎讓她牙根發顫。「他帶妳去吃魚了？」

喬宓仰臥在他懷中，貝齒微露咬著下唇，在景琮低下頭時，嚇得趕緊閉上了眼睛，結結巴巴道：「吃、吃了一點點，就一點！」

忽而，唇瓣上傳來一抹冰涼，她顫著纖長睫毛，悄悄睜開了眼睛，這才發現是景琮的食指。她連忙看向他的臉，一如既往的高貴陰冷如神祇。

「小宓兒愈發不聽話了，可還記得上次本王說的話？」他的手不知何時摸到她的頭頂，將纏在貓耳上的青絲緩緩挑開，握住了軟綿綿的小耳朵。

喬宓大氣都不敢喘一下，距離那次跳湖捉魚事件後，去歲她潛入御膳房吃魚，被鐵甲軍捉回去時，他便說過再敢吃魚，就要剁了她的貓爪……

「不要！王爺我再也不敢了！」她纖細藕白的雙手抵在他玄色龍袍的胸前，聲音都被嚇得帶了哭腔。她見過不少被景琮下令剁手的人，連肩膀都沒留下！

景琮看著懷中少女，那雙皎潔瀅亮的黑瞳裡水霧氤氳，飄渺而靈動，卻溢滿了對他的恐懼，與看著景晹和裴禎時那般嬌俏愛笑截然不同。

「噓，本王很不喜歡這樣的味道。」冰涼的食指輕放在她的丹唇上，不等喬宓再開口，他拿過身旁几案上的龍頭酒杯，「張嘴。」

「王…唔！咳咳！」喬宓被灌入口中的烈酒嗆得眼睛都紅了，向來不飲酒的她，被那下了食道的火辣酒水燒得難受，蜷縮在景琮懷中劇烈咳嗽著。

「咳！唔～」景琮的吻來得很突然，捏住她的後頸，粗大的舌頭就塞進了她的檀口中，攪拌著唾液和酒氣，生猛地吸吮著。在喬宓弱弱的唔咽聲中，他的舌不留餘地地搜刮她整個口腔，泛涼的薄唇緊貼著柔軟的丹唇磨蹭。

他的舌溼滑冰涼，侵占搶奪她口中空氣時，也緩解了烈酒的辛辣，迷糊間喬宓還笨拙地去舔吸他的舌頭，想要得到更多的水液。

也不知是酒意作祟，還是溼吻過於火熱，喬宓下意識夾緊了雙腿，抑制著腿心深處散出的可怕酥癢和溼意……

兩唇分離時牽出了透明銀絲，淫靡而魅惑。景琮倒還好，只是呼吸有些沉重，可是喬宓就不同了，窒息的熱吻讓她大腦暫時缺氧，不停嬌喘著努力呼吸，胸前一對椒乳搖曳顫動，最終被景琮握入掌中。

抱住軟綿綿的少女，捏著那對水嫩雪乳，景琮的眸底浮起名為情欲的異光，指腹稍帶了力道，揉捏著嬌巧櫻果，片刻後那淡粉處就變得微硬。

「不要、不要這樣。」喬宓渾身都敏感得厲害，晃動的雙乳被景琮揉弄愛撫，夾在指間的乳尖更是刺激得她纖腰亂扭、小臉酡紅。

景琮深邃的眸光微動，大掌往下，輕撫她平坦的冰肌小腹，在可愛的肚臍處打轉，同時低頭含住髮間粉透的貓耳，當下便聽見喬宓短促地驚叫一聲。

「呀～」幾近嬌顫的尖呼，讓景琮有些笑意，舔弄著口中敏感的貓耳，下滑的手指已經落在少女的陰戶上，他最喜愛那個私密的花心了。

光潔的陰部沒有一根雜毛，摸著極為爽手，他撥開緊夾的雪白大腿，指腹輕搓著兩片青澀嬌嫩的花唇，直刮得喬宓小腿緊繃。

「好難受，別弄了！」抵在景琮胸前的藕白小手，已經被酒意染得毫無力氣，耳肉被含玩著，腿心處被男人掌控，特別是景琮的手指點在花核上時，四肢百骸都攢動著細弱的電流，刺激得讓她如墜雲端，直嚶嚶低泣。

「乖些，多淌些水，等會才不會疼。」雖然還未曾真正進入過，可是喬宓這小身子景琮早已徹底熟稔，甚至比她自己還清楚哪裡最不禁挑逗。

喬宓本體為貓，本就纖弱嬌幼，那花穴也嬌嫩緊小，遇上猛虎化身的景琮，初開必定要有一番磨難。此時距離攝政王府還有些路程，他需要做足前戲。養了三年的貓，自然是要早點吞吃入腹才行。

喬宓聞言，粉腮紅潤的小臉滿是驚懼，給他含吃的心理陰影還在，一想到那樣可怕的大東西會進入自己，她覺得人生都黑暗了。

「不可以！我、我會死的！嗚嗚…你那裡太大了，我不要！」之前景琮也試過將陽物抵進花穴，卻都這麼被喬宓哭鬧了過去，才換了其他紓解的法子。可惜今日被喬宓逃跑的事情刺激到了，他徹底沒了耐心再等。

捏了捏她滑如凝脂的小腿，他陰冷地笑道：「聽話，等會進去就不會疼了，以後再多歡愛幾次，妳就會習慣了。」

目光掃過她腿間的旖旎春光處，向來不太重情欲的攝政王，胯間已然硬起。他甚至已經迫不及待幻想著她被掰開雙腿撞哭的模樣，一定可憐又可愛……

到攝政王府時，景琮並未將喬宓變回原形，而是脫了玄色外袍將她裹住，抱在懷中下了御輦。被他又餵了兩杯酒的少女，此刻正是風嬌水媚，寬大的袍子遮住了臉，卻露出一頭烏亮的長髮在他臂間微揚。

步入王府時，勉強遮住腿間的袍角滑落了半分，一隻玉白的蓮足在夜色中格外引人注目。若是再近點看，還能看見白皙的腳背上，殘留著幾道凌虐的牙印。

掌控景國萬里江山、踩在萬萬人之上的景琮一貫奢華，攝政王府寢殿內的龍床絲毫不比宮中小。他素來喜愛黑色，肅穆的寢宮之中，放眼過去皆是漫漫揚揚的玄黑天蛟紗。

將懷中軟玉溫香的少女拋在龍床上，撤去裹住身子的外衫，此情此景，平時高傲冷淡不重欲的攝政王，也有幾分把持不住。

金絲遊走繡刺的天蛟錦被上，醉意朦朧的喬宓無意識地舒展著，姣好的玲瓏曲線在黑綢的襯托下，愈顯雪膚瑩白，一頭青絲散亂身下，半縷落在玉乳溝壑間，勾勒出一幅奪目畫卷。

毫不自知的少女扭動著纖腰轉過身子，欺霜賽雪的勻稱雙腿微張，只見那處被景琮褻玩多時的嬌花嫩穴，已從最初的粉紅泛起了櫻桃色，緊閉的花唇上還沾著幾絲透亮的水液，甜蜜地誘人深入。

大概是景琮的目光過於凶猛，迷糊的喬宓眨著溼漉漉的美眸望向他，小手抓了抓頭頂半溼的貓耳，甩著長長的尾巴，說道：「大老虎，真好看……嗝！」嬌音縈縈，說罷，小臉上還多了一抹羞澀的紅暈，這話大概在她心裡憋很久了。

正裍下明黃中衣的景琮，挑了挑陰冷的眉宇，唇邊笑意飛逝。養了喬宓三年，她那好男色的性子他還是知道不少，可惜貓膽太小。

腹下欲火正是翻騰時，挺著洶昂的巨龍就上了大床，他捉住喬宓亂蹬的玉足，將嬌小的她拉到身下，幽幽處子香再次侵襲他的呼吸。

「且忍著，女子第一次都會疼的。」捏了捏喬宓粉潤的桃腮。恐怕是危險信號過高，少女從酒意中清醒了幾分，明月般的美眸呆愣愣地看著身上強壯的男人，被握住的小腿隱隱發軟。

「王爺……」他卻捉住了她的尾巴，在她敏感的嚶嚀聲中安慰地撫了撫，頂在她腿根處的陽物愈發炙硬，弄得喬宓極其不適。

「拿、拿開～」景琮意味不明地笑了一聲，將她的雙腿大大掰開，那根粗大驚人的虎鞭甚至不需要扶住，直直抵上她的玉門，撥開窄小微顫的青澀花唇，圓碩的肉頭頂在了小口上。

「啊——好疼！」龜頭擠入的撕裂劇痛，讓喬宓瞬間清醒，景琮為了防止她胡亂掙扎，便施了術法，讓她暫時動彈不得。他拿了一個金龍軟枕放到她頭下，將腦袋墊高，更方便她看著兩人身下的戰況。

「乖乖看著，看著本王是如何進入妳的，往後記住誰才是妳的男人。」喬宓渾身發軟無法掙扎，小嘴卻是哭喊不斷，眼睜睜地看著那跟粗如手腕的肉棒往穴裡頂，疼得差點斷氣。

「啊啊！不要不要了！太疼了！景琮你這個老變態！嗚嗚～」老變態？景琮涼薄的唇邊露出陰險的笑，胯下的龜頭已經頂在了處子膜上，看著喬宓梨花帶雨的小臉，聽著不堪入耳的咒罵，讓他心情一反常態的大好。

「小宓兒終於說真話了，嫌本王老？可惜了，妳今夜只能被我這老變態上。感覺到沒有，我的小變態都頂在妳這處了，只要本王再用力些……」他精幹的壯腰微挺，肉棒就深入了幾分，撐在那片血肉相連的薄膜上，痛得喬宓光潔的額間冷汗淋漓，連吸了好幾口冷氣。她甚至懷疑自己已經被撕裂了，火辣辣的疼。

「嗚嗚！我錯了，王爺你快拿出去吧，我真的好難受！」她那嬌小的花穴怎麼可能吃下他！原本還是細縫般的穴口，此時被碩大的肉頭頂得大張，嫩唇都失了原先的形狀，繃到了最大程度，泛著慘白任由肉樁塞入。

「不疼些，妳又怎會長記性？」花處被撐大，連帶藏在肉縫中的陰核也露了出來，景琮用手指去揉了揉，竄起的絲絲酥麻大大緩解了喬宓此刻的疼痛。

「唔……啊！！」察覺頂入的肉頭有了幾分退出的意思，喬宓才緩了幾口氣，正疑惑景琮怎麼突然如此善良，那老變態就一挺腰狠狠撞了進來！

這一衝，喬宓眼睜睜看著卡在腿心處的青紫巨棒，瞬間大半插進了自己，疼得一翻白眼，竟然暈過去了……

看看沒了意識的喬宓，再看看被撐開的可憐花穴，景琮毫無人性地選擇繼續開墾，壓在嬌軟的少女胴體上，挺著饑渴已久的虎鞭，長驅直入撞到了最深處。

「莫不怪世間男子喜色，歡愛之事、敦倫之樂，還真有一番韻味。」初次承歡的嫩穴內壁過分緊致，幽窄的甬道像是生出了萬千張會吸吮的小嘴，每入花徑半分，景琮就覺胯下分身被箍含得如墜魔道，各種玄奧美妙，言語不盡。

撞在花心處的軟肉上時，那地方的構造十分絕妙，裹住凶猛的龜頭，竟讓自制力極強的景琮都產生了不想拔出的念頭，真恨不得在裡面塞到地老天荒。

「真緊！」男人抓著少女的細腰將肉棒往外抽，扯得兩片花唇微微外翻，帶出斑斑鮮血來。性器退至盡頭，卻仍舊留了龜頭堵在微潫的穴口，泛涼的修長手指沾了沾染在陽物上的處子血，一抹淡粉的嫣紅黏膩在指尖。

「往後，宓兒便是本王的了。」獸族的本能促使景琮再次深入，直將那溫熱的花徑一次一次填充到極致，撞得昏迷中的喬宓都忍不住哭嚀著。

「真舒服，小宓兒再不醒，本王這濃精可就要射滿妳的小肚子了。」欲火馳騁的景琮興致高昂，掰開少女渾圓的翹臀一個勁地往裡頂，待花徑被搗得泛起水意時，不再乾澀的衝擊更加刺激美妙起來。過於凶猛的動作之下，兩顆碩大的陰囊將幼嫩的會陰處拍打得緋紅一片。

「啊～啊～」閉著眼睛的喬宓，緊蹙著眉呻吟，臉頰上無助滑落的淚珠被景琮撞得直往髮間落，胸前的一對玉乳亂顫，一隻小腳不知何時抬在了景琮腰間，緊繃的粉嫩腳趾，洩漏了她本能的快感。

「原來如此喜歡被弄下面的小嘴，先前就不該聽信妳這小騙子，只拿這雙腿來敷衍了事。」不論是腿交的搓磨還是口交的吸舔，都遠遠比不上花穴中的緊致操弄，景琮很是後悔先前沒早點辦了喬宓這妙地。

他俯身含入那千嬌百媚的水嫩雙乳，斟酌著力道啃咬了幾口，才解了些許氣。

第六章

喬宓幽幽轉醒時，景琮的定身術早已撤去，她卻依舊使不上半分力氣。纖弱的胯骨幾乎被撞散了，腰部以下更是痠疼難耐，更詭異的是被破開的花穴深處，隱約漫開一股可怕的潮意暗湧。

「唔！」凝脂般的雪膚泛著淡淡的紅粉，流動的空氣中蔓延著淫靡的情欲，一隻雪白的小腳被景琮抬高放在了肩膀上，隨著胯下虎鞭的狂攻猛襲，小腳在空中無力地晃動。

窄小的內壁水潤綿暖，粗暴抽插的肉棒比之先前又膨脹了幾分，摩擦在層層肉褶間，直把那柔嫩萬分的花穴頂得哆哆嗦嗦，下意識地狠狠緊縮。

「總算是醒了，舒服嗎?叫出聲來。」染上情欲的景琮，高貴俊美的陰寒臉龐上終於顯露了幾分人性，腰腹挺動，一掌掐著喬宓輕顫的蠻腰，直將粉白的腿心撞得啪啪作響。

「啊~慢、太快了~嗯嗯！」被景琮咬腫的紅唇微張，嬌鶯初囀的軟叫中，還吐露著屬於他的氣息。喬宓感覺自己快瘋了，初開穴的劇痛不知何時已被掩蓋過去，此時在景琮進退有度的搗弄下，只覺腹下發麻，酥癢得扭動不停。這一刻，她才體會到什麼叫器大活好！

「小貓，剛才還喊著疼，這會就浪了，快些豈不是更舒爽。」察覺到喬宓一醒來，花穴便陡然分泌了更多的蜜水，景琮就知道這丫頭是歡喜的，看著退出的分身溼亮，他便次次都往她最敏感的軟處撞，

「啊啊~別頂、別頂那裡！呀~嗚嗚！」生猛進出的虎鞭沒有半分輕緩，男性強壯的胯間將嬌嫩的玉門撞得紅腫一片，被情欲侵襲的陰核挺立，不時被撞來的硬毛刮刺，硬生生撩撥得喬宓有了尿意，一隻小腿緊勾著景琮挺動的腰，哭泣了起來。

「不行，別弄了！我要失禁了、啊~」粗大駭人的陽物不僅沒停下，反而更加深入了幾分，在肉欲狂瀾拍打中，竟然抵上了宮口處，刺激得喬宓渾身發抖，無助地搖著頭淫叫起來，緊縮的內壁還能清晰感覺到龜頭退出時，頭冠狠狠刮在了嫩肉上。

還未等她回味，硬如炙鐵的巨龍又攻了進來，撞得她眼前發暈，耳邊盡是曖昧淫亂的啪啪水聲。第一次承受這樣激烈的交媾，喬宓已經到了極限，總感覺穴裡那根進進出出的東西，就快要將她頂穿了。

「那就放出來。」猙獰的肉棒在宮口處猛地頂弄，不斷收縮的內壁忽而產生了可怕的

吸力，只見喬宓猛搖著的姝麗小臉上，正痛苦地壓抑著什麼，嬌靨紅緋誘人，淡粉的玲瓏胴體香汗淋漓，急促的嬌喘呻吟，淫媚得撩人心扉。

「到了到了！嗚嗚！」瀕臨極限的喬宓形容不出那種可怕的快感，驀然緊閉著眼睛弓起了纖腰，夾著粗壯的性具，忽而彷彿深夜的清曇花陡然炸開，混亂的腦中一道白光乍過。

自花徑深處便泄出了一股又一股熱液，高度酥癢的快感在蔓延，緊貼著棒身的尿道口也射出了一波水液，淋在滾燙的肉棒上，灼得景琮差點精關失守。

「唔……」喬宓胸前起伏得厲害，沉浸在泄身的餘韻中，小心臟撲通撲通地狂跳著。

四肢百骸正是痠麻時，鬆懈了幾分的肉穴又被景琮大力摩動起來。

「啊啊！不要！」剛剛高潮過的她怎麼受得了這樣的攻擊，睜開溼漉漉的美眸就不停顫著聲哀求起來，敏感萬分的身子顫抖彈動，那不斷鑽入穴裡深處的虎鞭，就著方才泄出的淫水，大刀闊斧地抽插。

混合著淡淡水液的白沫不斷在兩人相連處漫開，弄得身下黑綢都暗了一大片。

「接住了，都餵給妳~小淫貓！」景琮忽然收緊了後腰，捧高了喬宓渾圓的小屁股，掌中盡是溼膩的淫水。他呼吸沉重地將虎鞭頂進了最深處，抵在宮口上噴湧出忍耐已久的濃精。

「啊！」萬千滾燙的精水猛然灌進肉穴深處，首次承歡的喬宓咬緊了下唇，大氣都不敢出，雙腿環在景琮的腰間，嬌小的身軀痙攣般地抽搐著。

大概是出身獸族的緣故，景琮的精水多得驚人，一股一股地射在穴中，頃刻間就脹得喬宓渾身發抖。比起口交時射入嘴裡的量，她感覺自己的肚子可能快被撐破了。

「太多了~唔，好脹！」甬道被粗大的巨龍填充得沒有一絲縫隙，不斷射出的精水出不去，只能爭先恐後地湧進宮口，細小的宮頸被沖入的濃液燙到了，激得喬宓眼角滲出的眼淚就沒停過。

奈何蠻腰被景琮扣在掌中，根本動不了，只能承受著他射精的全部過程，爽到極致時，她張大了嘴費力地喘息，如同離水的魚般，也不知是不是錯覺，總覺得呼吸中都泛著一股精液的味道。

「小宓兒這寶穴倒是個妙處~」射精的快感讓景琮都有幾分恍惚了，緊裹的肉壁間，他壓抑良久的精水終於得到釋放，排山倒海般傾洩，向來保持高度清醒的大腦，在這一刻卻迷戀上了這種食髓知味的美妙。

冷寂太久的他，一度以為只有在皇權中才能找到快活的刺激，怎麼都不曾料到，原來交媾歡愛的刺激更上一層樓。即使噴湧完，他埋入花道中的巨龍，也沒有半分疲軟退出的念頭。

「怎麼會這般舒服呢？嗯？」他沉沉笑著吻了吻喬宓緋紅的丹唇，吸吮著她的芳香，胸前的可憐玉乳被他揉捏得紅腫一片，抵住花徑的虎鞭這才微微抽出。

「呀~」被堵在小穴深處的精水和淫液過多，隨著肉棒每拔出一分，炙熱的灼液就往外擠出一分，引得花徑一陣痙攣。

「快點出去、快點！」喬宓顫慄得厲害，腹下鼓脹的感覺隨著虎鞭退出終於緩了幾分，奈何景琮的速度太慢了，似乎故意摩擦逗弄著，急得她小手抵上他精壯的胸膛推搡了幾把，想快點將套在肉棒上的花穴脫離開來。

景琮低頭看著兩人溼透的下體，深邃的眸中泛起異光。他忽而腰身大動，差不多退至盡頭的粗壯肉棒，再度生猛地撞入，圓碩的龜頭強勢頂開緊緻的內壁，反沖著大股的灼液，重擊在宮口處。

「啊！！」喬宓尖叫著不停顫抖，難以形容的痠麻快意蕩漾開來，差點又暈了過去。

本來都流到穴口處的大量灼液，竟然被景琮再次塞回穴中，瞬間脹得她尾巴都豎起來了，揪住景琮落在她乳上的一縷白髮，就大力一扯。

生平第一次被拽了頭髮的景琮倒也沒有生氣，兀自拉著腰間的兩條玉腿，在潮水洶湧的花道裡頂撞起來。

「噗嗤~噗嗤~」最先敗下陣的當然是喬宓，塞了一穴的精液和淫水，哪還受得了再次操玩，玉白的小手扣在景琮的臂間，抓住壯實的肌肉，粉潤的指甲都泛起了白。

「別弄了，嗚嗚！好脹好難受~唔！」她嬌泣的聲音綿弱，比平日貓叫還要細，被胯間的撞擊弄得聲音都有些不穩，透著幾分哀婉地輕嗚著。

少女嘴上可憐兮兮地拒絕著，小穴內卻依依不捨、緊致得厲害，火熱淫溼，任由那粗長的虎鞭肆意進出，鼓起的青筋磨過層層嫩肉，真是攝人心魂，景琮不禁加重呼吸。

「都是本王給妳的東西，好好含著，等會還有更多呢。」

「啊！你這個老變態~呀，不、不要了！」往日被景琮箍著腿交時，喬宓就知道他性事方面的厲害，卻沒料到真槍實彈幹起來，硬生生弄得她死去活來，真是要了貓命了。

「小淫貓這是嫌本王上得不夠？人老了，就貪妳這口嫩貓肉。」比起景暘乃至裴禎，景琮確實多了好幾歲，可是還沒過三十。此時被喬宓叫了一聲老，景琮哪能不氣，拍了拍淫濡被間微顫的嬌臀，就將躺在床上扭動不停的少女抱了起來。

「啊啊！不要這個姿勢～嗚啊～」被抱起的喬宓變成直接坐入景琮懷中，嬌白的秀腿大大分開，根本沒有多餘的力氣跪撐起來，只能將重心放在挺入腹中的巨龍上，被頂到深陷的花心，激得喬宓尖叫。

身高的差距實在太大，景琮低頭看著抵在胸膛上的小腦袋，摸了摸凌亂青絲間的絨白貓耳，卻發現軟軟的兩隻耳朵燙的厲害，才摸了一下，緊箍著虎鞭的肉穴就一陣吸縮。「唔，真會吸。」

喬宓忙抬起頭，小臉上腮暈潮紅，比如三月的粉桃般，豔麗嫵媚，趁著景琮愣神之際，推開了他的大掌，嬌喘道：「別、別揉我的耳朵，癢！」可是，再癢，又哪比得上她這嚶嚶的聲音，撩撥得景琮剛泄完的巨龍又硬了幾分。

「乖些，何時把這灌滿了，何時再放了妳。」他一掌扣在她柔弱無骨的纖腰上，一手摸了摸她姣白的小腹，那裡真的是鼓脹得厲害，他指腹輕壓，又激得喬宓下穴緊縮不止。

「滿了滿了～已經滿了，快放開我！」喬宓被他一按又起了尿意，方才失禁的羞恥還讓她有些心理陰影，低頭往腹下看去，竟然發現肚皮凸起了幾分，隱約包露出一個形狀來。

果然，隨著景琮緩緩的抽動，陷在腿心處的猙獰陽物不斷進出，嫩白的小肚皮也時而平下，時而被頂起，直攪得喬宓不停嬌喘。

「太、太大了……快頂穿了！」景琮扣緊了她香汗陣陣的小腰，深邃的眸得意地看著被頂起的肚子，兩人下身緊緊相連，肉體碰撞間，還能隱約聽見從裡面傳出的淫靡水聲。

他拉過喬宓微熱的小手蓋在被頂起的小肚子上，那可怕的虎鞭，足以戳在她的掌心，驚得喬宓瞪大了眼。

「摸到了嗎？這是本王的東西，在妳的肚子裡呢。小浪貓，很喜歡吧？再吸緊些，瞧瞧妳下面淌個不停的水，床都被妳弄溼了。」看吧，男人床上床下就是兩個人，穿上衣服他就是不可一世的攝政王，高傲冷淡地多說一個字都要人命，脫了衣服，歡愛交媾，大概一晚就把一年的話都說完了。

怪哉，他愈是這般說，喬宓便愈是難受，大概是女人的天性，粗鄙的淫話更能激起性欲，扭動著柔軟的腰，承受著那巨龍侵犯的快感，緩解泛起的酥癢，「啊嗯～癢～」

「吃出味來了？含緊些，多鬆鬆就不癢了。」景琮俯身將那晃動的玉白奶子捏住一邊，大舌一捲就纏了一顆粉紅乳尖進口中，輕揉、吸啜、舔弄，在喬宓捂著嘴嬌吟時，胯下的衝擊加快了起來。

「啪啪啪！」只瞧見少女垂著貓尾的奶白翹臀間，一根粗大的紫紅肉柱瘋狂地抽插頂弄，高頻率的進進出出間，一波一波的水液從撐大的穴口中被搗得四溢，空氣中溢滿了濃郁的淫靡氣息，幾乎蓋過了金鼎裡焚燃的龍涎香。

「啊……啊……停、快停下～」喬宓被那巨龍頂得上下劇烈顛簸，敏感的花芯處暈著一浪又一浪的快感，腿心處殘留的處子血，混著溢出的蜜水消失在了被褥間。

「淫浪的貓，往後一定要試試化了本體入妳這蜜穴不可。」陽柱愈頂愈深，次次擊在宮口上，喬宓渾身緊繃，被景琮的話嚇得直發抖，淫水卻流得更多了。他的本體是老虎，那龐大的虎軀喬宓可是見識過的，若真是回復原形獸交，約莫真的能要了她的命。

「不、不可以！啊～」她一時沒忍住，又高潮了，柳眉緊蹙，泄身的快感刺激讓貓耳都立直了，絞緊了肉柱兜頭便是一股春潮洶湧。

景琮卻不給她緩歇的時間，就著抽搐律動的穴肉，將花徑搗得陣陣痙攣。先前堵在腹中的灼液在入穴過程中濺出了大半，現在喬宓泄了身，溼滑的春水包圍著肉頭和棒身，妙處竟是不可言喻。

強烈的高度刺激，已經讓喬宓叫不出聲了，酥麻地軟在景琮懷中渾身發抖，咬緊了唇等待他再一次射精，渴望又懼怕著那股可怕的精水衝擊。

狂頂了數百來下後，男人強壯的胯骨直接撞在少女紅腫的陰戶上，深深將龜頭堵在宮口處，射出了第二輪濃液。這一次的量比先前還要多，激沖在花蕊深處，直接讓喬宓再次高潮爽暈了過去。

釋放完後，景琮將喬宓放回床間，饜足的他這才緩緩將虎鞭從溼熱的蜜穴中抽出。碩大的龜頭甫一離開紅腫的陰口，被操到閉合不上的花穴中，混合的濁液潺潺流淌而出。怎麼看，都是淫浪魅惑人心。

「小淫貓……」看著喬宓那原本青澀的嬌穴，此刻如同牡丹花盛開般，滾滾雨露淅瀝不止，景琮便滿意地捉起了她的貓尾，玩賞著沾滿淫水的雪白絨毛。

第七章

一夜歡愛，早晨喬宓醒來時，人已化作本體蜷縮在一團絨毛間，睡得極為香甜舒適。她眨眨貓眼，這才發現景琮也化了虎軀，此時她正窩在他的肚皮下。

初秋的天氣雖透著涼意，可是她這一身貓毛還是熱得要命，掙扎著發軟的貓爪，爬到了景琮的虎背上，吐著粉粉的小貓舌，在厚實的雪白虎毛上蹭了蹭自己的鬍鬚。

想起昨晚在景琮胯下被撞得哭爹喊娘，她就手腳發軟，實在很怕他那根虎鞭。不過嘗了葷腥的他，只怕日後更不會放過她了……不禁為自己以後的日子，抹上一把辛酸淚。

「醒了？」喬宓側臉看去，對上了泛著棕色寒光的獸瞳，「喵嗚」了一聲就被景琮從虎背抖落到床間，在柔軟的被褥中打了個滾，才後知後覺地發現兩人正睡在偏殿的紫檀矮榻上。

思及正殿那張沾滿了蜜水和精液的金龍大床，她輕顫的貓耳就透出幾抹粉色。

景琮抬起虎爪將嬌小的喬宓抓到自己面前，虎口微動，露出森亮的巨齒，「過些時日和阿暘去學術法，妳這身子太弱了，即便灌妳再多的東西，日子久了也撐不住。」

他的聲音恢復了往日冷沉，透著不可抗拒的命令意味，抬起比喬宓貓臉還要大的虎爪，拍了拍她呆萌的小腦袋，倒顯得比以前更加親暱了。

喬宓不情願地「喵」了一聲，也不知是不是錯覺，昨夜翻雲覆雨那般凶猛，她此時除了貓爪發軟，卻並無過多不適，反而還覺得神清氣爽得很。

景琮彷若會讀心術般，慵懶地甩了甩虎尾，即使不帶任何力道，也颳起了一股不小的勁風，比喬宓那軟綿綿的貓尾巴威武多了。

「我的精元對妳有好處。」修煉術法多年的景琮早已是強者中的最強者，周身氤氳神力，交媾時，泄出的精元當然也是好東西，像喬宓這般修為低下的弱者能得到，除了大補，還能增強修為。

所以景琮才會讓喬宓去修煉術法，得了他的精元，就算她資質再差，時間長了也能修出一番成就來。

「喵！」喬宓羞赧，早些時候景琮都是將東西射在她腿間或身上，昨晚她才知道承受那股精水噴湧是如何極樂，被灌滿的小腹到現在還有些微脹，沒想到還有頗多好處。

白光乍現，景琮化了人身，赤裸的精壯完美男軀讓喬宓一雙貓瞳幾乎發直，看了這麼多年，她還是不免臣服在他的男色之下。這冰山老變態年紀是大了些，但論及容貌和身材，恐怕是無人能及了。

景琮拎起發愣的喬宓，邁著矯健的長腿，便去了偏殿後庭的溫泉池。攝政王府一應裝置奢華，即便一池溫泉也是耗費了巨大人工引自天然泉水，雕龍琢鳳華柱隔了層層金紗，進去便是嫋嫋雲霧的玉池。

前幾年天寒時，景琮偶爾會帶著喬宓回府住下，泡著溫泉處理政務，也是一種享受。溫熱的泉水蕩開圈圈漣漪，使得一池雲霧更濃了，景琮坐在池中，看著在水裡掙扎的喬宓，便敲了敲她浮在水面的貓腦袋。

「還不變回去。」他指尖的泉水浸溼了她頭上的絨毛，有一滴落在了粉色的秀氣鼻頭上，嗆得喬宓「哈啉」打了個噴嚏，一時沒掌握平衡，瞬間跌入水中。

被景琮撈起時，她已經喝了好幾口溫泉水了，吐著貓舌大口呼吸著，卻惹得景琮勾起薄唇輕笑出聲。難得聽到他這樣發笑，喬宓萎靡垂下的貓耳嚇得瞬間立起。

直到從他陰寒的眸中隱約看見自己的倒影，她才知道他在笑什麼。

穿越前喬宓也養過一隻貓，每次幫牠洗完澡後，那全身絨毛溼透，暴露出胖碩的粉色肉肉，瞪著瞬間睜大的水亮貓眼，楚楚可憐的模樣簡直萌到爆。

她現在就是這副樣子，甩了甩被水浸溼的細長貓尾，就大力地搖了搖腦袋，四濺的水滴打在景琮的臉上，她才消氣了幾分。可是很快她就後悔了。

「啊！」面色微沉的景琮甚至不給她自己變身的機會，一指點在貓額上。亮光過後，喬宓還來不及跑開就被他按在懷中，赤誠相對，微顫的冰肌玉骨緊貼著他發燙的壯碩胸膛。

她是開腳坐在他腿間，兩條秀腿被他大大分開，抵上陰戶的危險巨龍嚇得她不敢亂動分毫，姣靜的小臉上滿堆起討好的笑。

「王爺～」老變態！

景琮扣住她纖腰的大掌過於沉穩，根本不給她掙脫的機會，剩下的一隻手，輕柔地摸了摸溼透的青絲和那一對可憐巴巴的貓耳。

喬宓被他摸得毛骨悚然，扣在腰間的手掌隱隱往臀間滑去，撥開了她的貓尾，長指竟然刮蹭著她的菊穴，驚得她脊骨發僵。

「唔！王……」

「噓～」景琮捏住了她皮膚嫩滑的後頸，強迫她仰起頭來，陰沉的目光透著詭異笑容，看著她嬌媚紅潤的小臉，那緊張忐忑的神情似乎取悅了他，「叫聲爹爹來聽。」

「！！！」喬宓不可置信圓瞪的美眸清澈水亮，若仔細看，幽黑的瞳中彷若納入了萬千星河，泛著泠泠星光般魅惑人心。景琮未等到想聽的話，低頭吻在她的眼瞼上，舔了舔顫慄的長睫。

「不是說本王老嗎，且喚一聲，嗯？」對於喬宓那個暗藏心中的稱呼，他還耿耿於懷，這會逮住機會就要收拾她，嚇得喬宓小腿直抽搐，縮在景琮懷中，努力挺起蠻腰，生怕那怒昂的虎鞭再度頂入腿心間。

喬宓遲遲不開口，景琮也不逼她，只是那遊走在後庭的修長食指，已經抵在菊心處，大有要強制插入的模樣。

「爹……爹……」果然是老變態！

敗下陣來的喬宓顫巍巍地喚了一聲，聲音不大，軟綿綿嬌囀入了景琮耳中，頗有幾分禁忌的快感，瞬間點燃了腹下沸騰的燥熱，挺立的虎鞭陡然脹大幾分，硬生生頂入了紅腫的嬌穴。

「啊～」就著溫熱池水塞入的大龜頭，弄得喬宓嬌呼一聲，抵在景琮胸前的藕白小手一軟，晃著一對雪乳壓在他懷中。

景琮拔出插入菊穴的指頭，回味著那抹緊窒，摸至前穴陰口處，將龜頭頂開的兩片粉嫩花唇往兩邊撥去，讓粗壯的肉柱再度緩緩進入那片聖地。

「以後就這麼喊吧，也不枉費妳這小貓說本王老了。」他冷沉的低醇嗓音中，多了幾分變態的滿足和愉悅……

「水～水進來了！呀～」

隨著陽柱不斷深入，溫熱的泉水也滲入了蜜穴，分泌的淫液混著泉水，倒讓那粗大的猙獰虎鞭進入得極暢快。

喬宓叫得厲害，擠入花徑的泉水燙得她面頰緋紅，緊夾著那生硬的肉柱，胴體微顫。插至一半時，景琮便退了出去，故意在花口處磨擦起來。

瞬間空蕩的內壁少了鼓脹的填充，這感覺別說多難受了，偏偏那作怪的圓碩肉頭就卡在陰口，藉著頭冠不時刮蹭，快要頂入撞上敏感點時，他又拔了出去，來來回回幾次讓喬宓嬌泣不已。

「好難受，你～你快放進來！」她總算是徹底領悟那虎鞭的厲害之處了，動起來的時候能要人命，不動的時候更叫她生不如死。

景琮卻不急，握著水中豎起的貓尾，悠哉地頂弄著穴口處的龜頭，聽著喬宓細綿的哭求，餘下整個棒身泡在溫熱的泉水中勃脹，感覺甚是美妙。

「說些本王愛聽的。」他低沉的聲音此時正是磁性滿滿，墜入情欲難耐之中的喬宓完全抵抗不住，撲在他懷中便顫著聲連連喚道：「爹爹～爹爹！快點進來吧。」

少女嬌綿綿的聲音急迫無助，極大程度滿足了男人的變態欲望。聲還未落下，那水中的巨龍就生猛地長驅直入，本就縮緊的內壁瞬間被撞開，甬道剎那被填充爆滿的快感，爽得喬宓摟住景琮的肩膀尖叫起來。

「啊！」高揚的尾聲，滿滿的春意盎然。方才的惡意撩撥，讓嬌嫩的穴口早已奇癢不耐，此時虎鞭猛擊開來，在水聲劇烈拍擊中，喬宓咬緊瓷牙，鎖著柳眉，覺得花道都快被那粗大的肉棒捅穿了。

忍不住的聲聲淫媚從唇間溢出，惹得景琮心情甚悅，神祇般的冰山俊顏都融化了一角，勾著她小巧的下顎，便用薄唇含入嫣紅的小嘴，大口吸吮起來。

喬宓渾身抖得厲害，綿軟綿的小腿勾在景琮強壯的大腿上，任由那水底瘋狂抽插的虎鞭頂得上下起伏，只看得見那一對雪乳不時浮現在嫋嫋水霧間，豐潤誘人。

「嗯啊～唔！」她狼狽而倉促地吃著他渡來的津液，經歷了昨夜的交媾，她似乎勉強能承受他的寵幸了，嬌嫩的穴肉緊裹著炙硬的棒身，享受著摩擦撞擊帶來的歡愉。

景琮鬆開那張香甜檀口，舔了舔豔麗水亮的唇瓣，再往後去，就含住了喬宓髮下人耳的玲瓏耳垂。察覺到她瑟縮輕抖，他笑道：「舒服嗎？繼續叫，大聲點。」

「嗚啊、頂得好深，啊！爹～爹，慢點慢點，太脹了！」渾身的重心都放在肚子裡的巨棒上，高高頂起時，如同飛入雲端，欲仙欲死，重重跌落，撞得花芯酥麻，愛液橫流，淌入水中，連蒸騰水霧都漫著蜜水的淫靡氣息。

「夾得這般緊，真恨不得捅穿了這花壺。」景琮難得急促地喘息起來，情欲甚濃地捏著喬宓纖弱的後腰，搗著花蕊的龜頭發麻，只見圈圈漣漪自兩人身邊蕩開，一圈比一圈大，可見水下戰況的激烈，久久不息。

上午的時光便在激烈的魚水之歡中度過了，下午景琮就帶著喬宓回宮去。即使有他的精水滋養，那般生猛的玩弄還是讓喬宓吃不消，化了本體萎靡地睡在景琮懷中，動都不願多動。

到御龍殿時，景暘和往常一樣出來恭迎攝政王，目光卻一直偷瞄著景琮懷中的貓。喬宓懶洋洋地甩了甩尾巴，打了個哈欠就將小腦袋埋進景琮的臂彎。

景暘俊朗的龍顏上不禁浮起幾分失望，他似乎很眷念昨日坐在一起的貓耳少女。

「陛下喜歡本王的貓？」景琮微帶冷笑的聲音透著幾分戾氣。

景暘俊臉發白，倉促說道：「寡、寡人不敢。」攝政王的東西，又哪是他這個傀儡少帝能肖想的？

「不敢？陛下是天子，這天下的東西都能坐擁，何來不敢之說？但……有些東西，註定不是你的，就莫要奢望，懂嗎？」輕柔地撫摸著懷中毛茸茸的腦袋，景琮往殿中去了，留下景暘站在肅穆的殿門處，久久呆愣。沒有人知道，他龍袍下緊握的手，掌心滲滿了斑斑冷汗。

讓宮娥拿了軟墊過來放在龍椅上，景琮才將喬宓擱在上面繼續睡。景國朝廷是三日一朝，其餘時間百官便在各司辦公，景琮須得坐鎮御龍殿，每日召見朝臣解決政務，可說很是繁忙。

沒過幾天，喬宓便被景琮送到了宮學，與少帝和一眾宗親子弟學習術法。聚滿了青年貴獸的宮學裡，忽然多出這麼個粉雕玉琢的貓耳少女，個個都恨不得湊到喬宓跟前來混熟，卻又礙於她是攝政王親自送來的人，不敢貿然上前搭訕。

即便是少帝景暘，也極少與喬宓說話，只偶爾關照一二。休息時，喬宓湊到了景暘身邊，和往日龍冕冠袍不同，赤色的飛龍服更顯得少年英姿俊逸，金冠束髮，天顏疏朗。

「阿暘，不對……是陛下，每日的課程都這般無聊嗎？」喬宓抓著絹紗的百褶月裙，腰間配了景琮為她掛上的美玉環佩，更凸顯少女嬌美。她有些悶悶地垂著髮間貓耳，無趣地看著景暘桌上的沙盤。

「這是皇叔父讓國學太傅們定下的課程，宮中向來都是如此，習慣就好。」起初喬宓還以為皇帝學習的課程肯定厲害，翹著尾巴過來想學些真材實料。沒想到幾堂課下來，沒有半分實戰訓練，一殿的貴族子弟都只顧著玩。

聽出景暘話裡的落寞，喬宓才知自己不小心戳了他痛處，身為帝王落魄至此，也很少見了，只得安慰地拍了拍他的肩頭，純金線繡制的蟠龍紋飾還有些刺手，「陛下說得對，萬事習慣就好。」

景暘哪聽不出她話中的同情，丟了手中畫沙盤的金龍杖，便笑了笑說道：「既然皇叔父將妳送了過來，寡人陪著妳，往後的時間也不會無趣了。」妳……也陪著寡人。

「謝謝阿暘陛下～」喬宓眨著眼睛一想，與其每日窩在景琮懷裡睡懶覺，還不如待在宮學認識些新朋友，更何況還能和皇帝一起上課，感覺還是很不錯的。

第八章

萬獸國度的術法並不是修仙界那樣騰雲駕霧、長生不老，而是點石成金、催咒落雨的類型，幻化一樣東西時，只需心念口訣即可。只要能力夠強，萬物都能隨意撚之入手。

宮學的課程建立在小耍小鬧的基礎之上，太傅們遵從攝政王的命令，平常就是教授些強身健體的修身術，和一些簡單有趣的召物法而已。

喬宓倒是極為喜歡剛學的口訣，看著所有人輕而易舉地在桌前的沙盤上化出植物來，她就很是羨慕，趁著課餘時，拉著景暘去宮學後殿的修煉場。

「方才一定是我口訣沒念對，我不管，我也要變出大樹來！」課堂上她的口訣失效了，太傅礙於她是景琮送來的人，只安慰了幾句來日方長，讓喬宓很是氣餒，這會再次凝神屏氣默念口訣，雙手按在地面上，腦中幻想著一大棵紫藤花樹。

可是，任由時間一分一秒過去，地面依舊空無一物，顯然術法失效了。喬宓不甘心地再試了幾次，引得景暘側目看過來。

跪坐在地的少女盯著手的明眸清澈，不曾點染的丹唇緊抿，讓她看起來格外無助，無端讓景暘心頭發軟。這等普通的召物術他幼時便學會了，不忍看見喬宓失落的模樣，便打算著暗中幫助她一次。

就在他食指在暗處輕劃的瞬間，只聽見喬宓驚喜地大叫起來：「成功了！我成功了！」

看著從土裡冒出的小幼苗，喬宓別說有多開心了，有些不可置信地看了看自己的雙手。平凡了這麼多年，她終於親身體驗到變身之外的術法之妙了。

「可是……為什麼只是株小幼苗？」和她幻想的花樹天差地別呢。

見她那雙雪絨的貓耳失落地垂下，景暘連忙安慰道：「或許是第一次召物的原因，別氣餒，多練幾次便會變好。」他真的不忍心告訴她，本身的修為決定一切，顯然喬宓的內修不到家。

「真的嗎？」喬宓緊蹙著秀眉，伸出纖長的手指戳了戳地上的小幼苗，想著晚點回玄天殿，一定要景琮教她些厲害的術法。

「資質尚佳，奈何修為不夠，需多加增練。」忽而傳出的聲音，驚得喬宓和景暘循聲看去，卻見是國相裴禎。不知他是幾時來的，穿著月色的麒麟錦袍，長身玉立站在肅穆的朱色宮簷下，淡然的笑容彷若明月普天般清貴舒華。

被男神指出了不足，喬宓並不覺得羞愧，反而被激起鬥志來，清脆道：「多謝國相指點！」

這是她第二次幻化少女身見他，在裴禎走過來時，喬宓倉促地從地上站了起來，卻發現裴禎的目光掃過了她的裙襬。她低頭看去，嵌著珍珠的華麗百褶裙上沾滿了塵土。

「陛下。」和往常一樣，裴禎恭敬地朝景暘行禮。面對溫潤如玉忠心耿耿的國相大人，景暘亦很是尊崇，慌忙制止了他的虛禮。

「裴相會何到宮學來了？」沒了景琮的氣勢威壓，負手而立的景暘還頗有幾分少年帝王的霸氣威儀。

裴禎淡笑回道：「宮學的趙太傅乃是微臣舊識，今日休沐便過來走一走，未料到了這後殿來。」

清雅的目光落在被景暘擋在身後的喬宓身上，換了宮裝的少女似乎又姣麗了些許，簪著珠花的髮髻間，一雙貓耳白裡透粉，倒比那萌貓的模樣更動人蠱魅幾分。

「喬姑娘。」他的聲音親和溫潤，又讓喬宓有了那股如沐春風般的恍惚。

她從景暘身後探出小臉，嬌靨如花地愉快說道：「太見外了，國相喚我名字就好，我叫喬宓。」上次他親手剔除魚刺餵食的行為，讓她頗為感動。

裴禎聞言，略微一頓道：「如此的話，那便唐突了，喚妳……小喬吧。」他聽過景暘喚她喬喬，也聽過景琮喚她宓兒，不知為何也想對她有個獨一無二的稱呼。嬌小如她，配這個暱稱，倒更可愛了。

喬宓沒有多想，一顆心早已溺在裴禎的溫柔裡，也未發現身側的景暘面色微沉，竟然和他那皇叔父平常的冷冽有幾分相似。

「好呀！國相大人，你能幫我看看這小樹苗嗎？我要怎樣才能把它變成花樹？」收到喬宓的求助，裴禎便走了過去，溫和的月眸裡倒映著少女的倩影，無奈一笑便俯身，蒼勁的食指點在碧色的小樹苗上，忽然神奇的一幕發生了。

只見那巴掌大的小樹苗彷彿受了刺激，陡然生長起來，樹幹快速膨大，枝葉飛旋舒展，眨眼的功夫過去，一棵巨大的紫藤花樹赫然生成。

「哇！」抬頭望去，簇滿了花朵的大樹垂下千萬穗花條，淡粉妍紫隨風輕揚，花香撲鼻，和喬宓剛才幻想的花樹不差分毫……

她興奮地攏起裙襬繞著巨大的花樹轉了一圈，如同飛入百花園的彩蝶般輕盈歡愉，流入風中的嬌俏笑聲直讓裴禎勾唇。

落英繽紛，花雨如彩，待喬宓跑到裴禎跟前時，頭上落滿了花瓣。她酒窩深旋，美眸彎如月牙，激動地拉住了他的手臂，「和我想的一模一樣，好美，謝謝你！」

看著緊握自己的嫩白手指，裴禎忽然覺得這場濃郁的花雨，似乎也沒有那般刺鼻了。他抬起另一手，輕緩地揉了揉少女的頭，貓耳的絨滑、青絲的柔順，燙得他掌心微顫，「妳喜歡就好。」

年少便引領百官、坐鎮國相之位的裴禎，還是第一次知道這般幼稚的術法，竟然能換來少女如此璀璨的歡笑。他看著她盈滿嫣然的美眸，一時間，平靜多年的心房陡然衝動起來，恨不得為她展現更多的驚奇，讓她更加開心。他想，自己一定是瘋了。

「裴相今日倒很是悠閒吶。」宮學裡的一眾太傅卑躬屈膝簇擁著攝政王自前殿而來。今日太陽恐怕是從西邊出來了，素來不過問宮學的攝政王和國相，竟然同時出現在這裡了。

裴禎緩緩收回放在喬宓頭頂的手掌，眼前矮了他一個頭的少女，似乎正不悅地瞪著景琮，明眸中泛起的親暱嬌蠻，讓他心頭一窒。

「今日休沐，下官走訪友人，談不上悠閒，倒是難得看見攝政王此時不在御龍殿中。」敢如此頂撞景琮還活在世上的人，除了喬宓，恐怕就只有裴禎了。他平日待人親和溫雅如玉，偏偏在對上景琮時，總會唇槍舌劍一番。

步下宮廊，景琮望眺望那棵幻化而出的茂密花樹，深邃的棕色寒眸冷沉無波，看著周身沾滿花瓣的喬宓，他招了招手，「過來。」

喬宓撇了撇嘴，就小跑步過去，站定在景琮峻拔的身形前，習慣性地拉著他紫金龍袍的長長袖襬，舉著手中的一串藤花軟綿綿道：「王爺你快看，方才我變了一株樹苗出來，裴相幫我點了一下，就變成花樹了！」

奈何景琮身上的威嚴太重，空氣中流動的馥鬱馨香都凝固了幾分。他長指微動，撚起喬宓髮間的粉紫花瓣，揉了揉她微顫的可愛貓耳。

「裴相這套哄騙女子的小把戲，玩得是愈發精巧了。」偌大的修煉場過於空曠，景琮略帶寒意的話語格外清晰地迴蕩著。

裴禎聞言淡然一笑，目光卻一直落在喬宓拉著景琮廣袖的素指，「王爺誤會了，下官不過是指點術法罷了。」

喬宓可不傻，景琮這個冰山老變態控制欲強得很，十有八九是看見了剛才裴禎摸她的頭，吃飛醋了，連忙握住他的手晃了晃，仰著笑靨如花的小臉，討好道：「不要在意那些細節，我會使用術法了，你不高興嗎？」

景琮冷眸一轉，捏了捏喬宓姝麗的面頰，慵懶道：「小宓兒會術法了，本王當然高興，不然本王再教妳一招更厲害的？」

沉穩的低醇嗓音中暗自流轉的寵溺之意，讓在場之人無不驚愕。裴禎的落寞，景暘的不甘，太傅們的誠惶誠恐，在這一刻淋漓至極。

「好呀！」喬宓當真以為景琮要教她，不由得欣喜，眸光熠熠地看著他，很是好奇。

可是事實證明她想太多了，只見景琮微瞇著寒眸，大手一揮，在喬宓驚呼的瞬間，那棵巨大的藤花樹用肉眼可見的速度飛快枯萎下去，不需多時的功夫，一樹繁華便成了老樹枯枝，醜陋蕭條。連空氣中原本浸鼻的花香，都變成了淡淡的腐爛味……

「你——你！」這招確實厲害，氣得喬宓半晌都說不出話來，若非手中還拿著花串，她都快以為那棵巨大的花樹不過是一場幻夢。涼風吹過，枯爛的樹枝砸落在地，如同她此時的心一般，破碎了一地。

和景琮一連冷戰了三天，期間喬宓都變成本體窩在玄天殿的錦榻上，只要景琮過來，就用毛茸茸的屁股對著他。連他求歡，都被她無情地拒絕了。

「還在生氣？不過一棵花樹罷了，值得妳悶這麼多天？」摸了摸小貓撅起的雪團屁股，卻被貓尾拍打了手背，景琮也不生氣，反而覺得有趣極了。養了喬宓三年，還是頭一次知道她的脾氣這麼大，怎麼哄都無濟於事，難得讓他心生無奈。這世間能如此對待他的人，恐怕是只有這貓了。

「快點起來，瞧瞧本王讓御膳局的人給妳準備了什麼。」絡繹而入的宮娥，悄然將手中的托盤放在錦榻的小案几上，赤金的蓋子甫一打開，四溢的魚香瞬間蔓延在宮殿之中。

「有清蒸的、紅燒的、烤的、炸的……妳不是最喜歡吃魚嗎？快起來吃吧。」即使烹飪得美味，其中難掩的魚腥味還是讓景琮皺眉，可是為了換取喬宓的歡心，他只得忍下。

貓的鼻子異常靈敏，環繞在鼻間的魚肉香味，讓喬宓唰地一下睜開了眼睛，本能地跳起來想往桌上撲，可是在看見景琮臉上運籌帷幄的笑時，想起那棵慘死的花樹，她又百般忍耐縮了回去。

哼！太陰險了，企圖用她最喜歡的食物來引她上鉤，服軟了這一次，往後豈不是得任由他蹂躪？

「喵！」喬宓覺得，還是要堅持自己的骨氣。

景琮今日推掉政務回來哄貓，早做了十足的心理準備，揉了揉喬宓悶悶的小腦袋，就笑道：「當真有骨氣，可惜了這桌魚肉，本王以為妳喜歡，還特意吩咐了御膳局往後常備，既然妳不喜歡吃，往後也沒必要再做了。」

他這貓除了貪男色，便是貪吃了。景琮慣於掌控人心，對付喬宓也不過是吹灰之力，「這味道還挺香，不愧是猿族進貢的天山鱈魚，嘖嘖……」

「喵嗚！」天山鱈魚！去歲由猿族進貢來時，被景琮下令養在了御園中，每次喬宓都會去瞄上一眼，那一池的肥美大魚她可是想吃許久了。

只覺那四溢的魚香在空氣中亂舞，撩動著鼻尖和鬍鬚，她無意識地吞嚥著口水，迅速轉動著寶石般的貓眼，吐著粉嫩的小舌轉身看向景琮。算你狠！

「喵！」我的魚！在她即將撲到桌上時，奸計得逞的景琮大手一揮，將她抱入懷中，抓著貓尾不讓她動，在喬宓不滿的貓嗚聲中，只聽他笑道：「妳這貓肚子能吃多少東西？

快變回去。」

他似乎早就準備好了，招了招手，宮娥就呈來一套華麗的少女裙裝。待所有人都退下去，他寵溺地點了點喬宓的額頭，方才還在懷中亂鬧的貓，瞬間變成了赤裸的少女。

「你！」她還沒打算和他和解呢，只想吃了魚肉再次冷戰，沒想到被他變了回去，小臉緋紅地拍開他揉弄椒乳的大手。

景琮卻很是愉悅，撫了撫她凌亂的烏髮，拿過衣裙替她一件一件穿上，那架勢溫柔得跟換了一個人似的，弄得喬宓忐忑不已，坐在他懷中任由那修長的手指在腰間打著蝴蝶結。

這情形，倒頗有幾分慈父愛女的感覺……

第九章

景琮沾不得魚腥味，看著喬宓大快朵頤吃得歡喜暢快，不禁皺著眉，執起象牙筷箸夾了一小塊清蒸鱈魚肉，那鮮嫩的魚肉熏白，入了口中若有若無的魚味，瞬間讓他失去想再吃的好奇心。

「王爺，挑食可不是好事，平常就看你這不吃那不吃，雖然你神功護體，但也是會營養不良的。」小嘴不停吃著東西的喬宓，說話有些含糊，景琮平常對吃的東西極為挑剔，入口的須得是天下最精緻的食物，很多普通的菜肴他連看都不會看一眼。

這倒罷了，重點是他不吃的東西，也不許喬宓吃，比如魚。這就很氣人了。

「是嗎？」景琮意味不明地看了喬宓一眼，卻發現那女孩沾了一臉的醬魚湯，遞了一條手絹過去，冷沉道：「擦乾淨，髒死了。」

喬宓下意識地舔了舔嘴角，濃香的醬汁蔓延在舌尖，那味道不是一般的美味。她接過景琮遞來的手絹，看出他高傲冷淡神情中的嫌棄，輕哼著吐了吐小舌，便隨意擦了擦嘴。

現在嫌她髒了？剛才哄她的時候可完全不是這個態度。

吃完了魚，喬宓便去淨室用竹鹽漱口，順便飲了一盞花茶，確定聞不到半分魚味後，才回了正殿。她攏著曳地的織金繡錦長裙，在內殿的明珠月門下探了探頭。

景琮不僅沒走，竟然還讓宮娥端了一個花盆來，纏枝蓮的嵌寶盆不大，倒是極為精緻。他看見喬宓回來，便招了招手。

「王爺這是要做什麼？」填飽肚子的喬宓，早將先前的氣惱拋到九霄雲外去了。她明眸皓齒，顧盼驚然的模樣深得景琮的心，大手一攬將她抱入懷裡，衣袍摩擦得沙沙作響，強勢的龍涎香纏綿著少女的體香，幽幽娴娴，撩撥得景琮眸色發沉。

「剛才不是還與本王生氣嗎？且賠妳一棵花樹吧。」賠她花樹？喬宓仰頭錯愕地看向他，那話中隱約帶著寵溺，對上棕色的深邃眸眼，她的心跳忽而一窒。

「來，先讓本王瞧瞧宓兒這些時日修煉得究竟如何。」他含著笑親暱地啄了啄她髮間的貓耳，回過神的喬宓立即羞得姝顏泛粉。每夜他都餵她吃下無數的精元，得了外泄的修為，她即便元神傷得再厲害，也該有些小修為了。

「害羞了？妳這小淫貓，床間吸著本王要東西吃時，可是一點也不覺得羞呢。」

他低沉的笑聲打破了往日沉寂，惡劣的揶揄讓喬宓豎起了毛，推開他揉弄貓耳的大手，便連忙將花盆挪到了面前，抿著唇嬌蠻說道：「既然要賠，我便要一棵和那日一樣的花樹，我變樹苗，王爺變花樹出來。」

有種人會恃寵而嬌，被愛的總是會放肆，喬宓如今便是被景琮養成了這模樣，奈何攝政王還頗喜於此道。

「嗯。」景琮慵懶地應了一聲。

喬宓趕忙學著那日喚物時的情形，雙手覆在花盆上，默念起口訣來，正襟危坐嚴陣以待的模樣讓景琮失笑，他還從未見過哪個人喚物時能緊張成這樣。一回生二回熟，這一次喬宓掌握了竅門，手下術法波動間，只見填滿泥土的花盆中間，迅速冒出了一株小樹苗來，可惜嫩綠的葉片稚幼得可憐。

她掌下生出的法力還在，景琮眸光一厲，突然抓住了她雪白的柔荑，正在興頭上的喬宓驚了一跳，扭過頭看向景琮，卻發現他的面色有些奇怪，「王爺……」

握住軟綿柔荑的大掌五指修長、骨節完美，感應著喬宓還不及收回的術法，忽而一緊。

「啊！疼～」喬宓被景琮冷眉微蹙的神情嚇到了，他似乎又變回了那個坐在朝堂上的冷酷攝政王，腕間的疼痛讓她倒抽了幾口冷氣。方才旖旎的親暱氣氛，此時早已消失殆盡。

「養了妳這麼多年，本王似乎從不曾聽過妳提及家人？」他忽而沒來由地一問，使喬宓很是遲疑，好在腕間的力道小了些，靠坐在他懷中的玲瓏嬌軀往外挪了幾分。被強行變身那日，他除了問她的名字，其他的至今都不曾過問。

「我、我沒有家人，不對……其實我也不記得了，那次在雪地醒來後，只記得自己的名字，其他的什麼都忘記了。」穿越成貓後，她並沒有得到原主的任何記憶，被景琮叼回來養了三年，第一次變身就是十五六歲少女的模樣，當時她光顧著開心，現在一想便有些驚得發慌。

就景琮這模樣，肯定是剛才看出她使用的本體術法有異，所以在懷疑她的身分。

「忘記了？那妳可還記得自己是哪國人？」捏著她手腕的大掌已然鬆開，卻握住了她的手，冰涼的指腹摩挲著她軟嫩的拇指，一下一下，蹭得喬宓手心陡生熱汗。

身為景國攝政王，景琮本就生性多疑、陰險狠辣，凡身邊發現異樣者，統統會打回原形處以極刑。喬宓緊張得小心臟狂跳，雖說她和他是不知幾夜夫妻的恩情了，若是原主的身分是他敵人之輩，難保不會被懷疑是故意接近他，想要做壞事吧？

「我什麼都不記得，更不知道自己怎麼到雪地的，醒來的時候差些被凍死，好在遇到了你……」

景琮的眼睛有種能看穿人心的可怕魔力，棕色的寒瞳不帶一絲感情，陰寒昳麗的面龐並無過多神色，似乎在揣測著喬宓話中真假，「蒼驊，妳可認識這人？」

喬宓並未躲避他的視線，態度坦然地搖了搖頭，丹唇微動，「王爺，你怎麼了？那個蒼驊又是誰？」剛剛法力一波動，強大如景琮就瞬間看透了她的異常，這麼快聯想到另一個人，這個蒼驊必定不會是朋友，八成是景琮過往的敵手。事態很嚴重呀。

直到喬宓被看得毛骨悚然，景琮忽然把她再度摟入寬大的懷中，將她發白的小臉按在胸前的金絲飛龍紋上，扣著她微顫的纖弱肩頭。

「不管妳是誰，不管妳是不是真的忘記了一切，本王都要妳明白，三年前妳就是我的人了，現在是，往後也是。我會娶妳做王妃，只要是妳想要的，本王都會給，只有一點……永遠不許離開我，清楚嗎？」

喬宓被他身上的戾氣震懾到了，她不知是該高興還是該傷心，景琮八成已經看出原主的身分，卻還是選擇將她留在身邊。這代表了什麼？

景琮的懷疑來的突然，去的也快，親手養了喬宓三年，她那懶惰純情的個性怎麼看也不像是間諜，若真算是故意接近，他也很是無所謂。畢竟一餐魚肉便能哄騙的貓，有何可懼？

懷中的喬宓還在因為他方才的陰沉而忐忑，直到景琮的手指撫上了她腰間的蝴蝶結扣。她嚇得連忙抵住，小手覆在他微涼長指的青玉扳指上，還有些許顫慄。

景琮是天生的王者，高居於人上，心情不好時，眼睛一瞇都能要人命，剛才那一齣，膽小如喬宓自然是嚇到了。他笑了笑揉著她髮間輕顫的貓耳，企圖緩解她的不安，「嚇到了？方才本王只是忽然想起一些事情罷了，別怕。」

喬宓抬眸，黑亮的瞳中還殘留著餘悸，閃著爍爍畏懼的星光，他刻意低柔的聲音並未讓她好過，只是抵住他的手軟下了，隨之那個不久前由他繫上的鬆散蝴蝶扣立刻鬆開。

雲煙金花紋的衣襟挑開就是並蒂芙蓉的粉色肚兜，喬宓微微一縮，肚兜下隆起的椒乳便是一陣搖曳。

「與本王生氣的這幾天，都不曾好好歡愛一場，今日難得本王有時間，便餵餵妳這小貓吧，嗯？」他習慣性地在話未處低「嗯」一聲，透著挑逗的意味，配著他那張昳麗俊美的天神之面，頗有幾分引誘，若是換作尋常女子，恐怕現在早就軟在他身下了。

喬宓低側著頭，躲開他吻在耳間的薄唇，鼻息間全是他身上散出的龍涎香，讓她有些暈眩。忽而胸前的嬌乳被大掌隔著肚兜抓住了，才揉捏幾下，她就受不了了，「唔～我、我不想要……」她方才被驚嚇的小心臟還沒緩過來呢！

「是嗎？」景琮挑了挑眉，一隻手不知何時已經探入她的羅裙下，擒住她那條乖巧的貓尾，順著柔滑的絨毛輕撫，轉瞬便聽見懷中的少女嚶嚀著顫起肩頭。

「哎呀，別摸我的尾巴，嗯啊～」喬宓只覺自己被抓住了最要命的地方，景琮的手指像是充滿了魔力，她腿心處被撩撥得暗起癢意，纖弱的後背緊貼著他的胸膛，不舒服地蹭了蹭。

「還在對我生氣嗎？連本王都不能入妳那去了？」漫著龍涎香的微燙氣息湊在了她昂起的脖頸間，如珠瑩白的肌膚曲線優美至極，湊近了，還能看見絨毛微顫，煞是誘人。

他的唇自她青絲鬢角、耳間，一路曖昧地吻到頸處，再到衣襟大開的精緻鎖骨上，輕輕一吮便是一個嫣紅的痕跡，如那隆冬裡綻放在雪間的紅梅，耀眼極了。

喬宓躲不開他作亂的唇，被吻得一陣輕嗚，頸間的肚兜繫帶被景琮用牙齒扯了開來，方才遮住玉乳旖旎的精緻小衣，就這麼滑落到腰間去了。

「是不是又大了幾分？」被愛撫過的椒乳此時泛著桃粉，景琮的大掌戲謔著罩上去，已然握不全了，水嫩的乳肉溢在指縫間，被他捏得變了形狀。相比往日的青澀可愛，經由景琮揉玩了這些時日，如今這對雪乳確實是增大了不少，添了幾分淫媚。

「啊～」喬宓驀然驚呼了一聲，鑽入羅裙中的大手竟然扣上了玉門處，剛才她一心只顧著吃東西，這會才發現景琮給她穿上的褻褲另有玄機。

那寬大的上等綢褲，中間竟然是開襠的，剛好稱了男人此時褻玩的心思，褲子都不用脫就開始摳弄她的蜜桃花縫了。真是個老變態，喬宓無語凝噎。

景琮一面揉捏著那嫩滑的嬌乳，一面用長指挑撥著她玉門間的蜜縫，上下其手弄得喬宓叫也不是，哭也不是，哽咽在喉間的細軟嬌喘很是磨人。

「是不是又在心裡罵本王這個老變態？」他說話的時候，她髮間的貓耳敏感地乍立，大概是被他無情揭穿了，絨毛小耳瞬間尷尬地垂了下去，惹得景琮猝然發笑，「妳這小淫貓不好好調教調教，還真負了本王變態的名頭。」

喬宓嚇得尾巴一翹，顧不得流連在花穴口的長指，生怕景琮使出什麼酷刑往她身上招

待，忙軟了聲，「王爺王爺，我沒有……唔！」

方才還在花縫中刮蹭著陰核的中指，在她開口的瞬間直直插入了蜜穴，受驚的花肉瞬間緊縮，異物填充的刺激，讓喬宓亂顫的纖腰頓時不敢亂動了。

和他身下那根東西相較，這手指的粗長真的算不了什麼，可是接連好幾日不曾承歡的花徑，此時即便只是塞入一根手指，也堵得緊致穴肉發癢。

「宓兒的寶穴真熱，嗯~長了小嘴在吸本王的手指呢，瞧，又被吸進去了幾分。」他鬆開她胸前的玉乳，撩起腿間的長長羅裙，珠玉玎璫間，只見那開襠的褲縫中粉桃般的蜜穴含著他的手指，像是貪吃的孩童吮著糖果般，不斷往深處裹去。

不過看了一眼，喬宓就粉面緋紅著別開了眼，身體最隱祕的地方任由男人插入的侵犯感，讓她心跳加速，不自覺花心深處便泌出了一股淫水。

景琮察覺了那股溼膩，食指便在花徑中旋轉摳弄起來，懷中的少女一陣輕抖嬌顫，急促地喘息壓抑。

「唔唔~別摳了，呀！你的手指，快拿出來……」他那時而粗暴時而輕緩的撩撥，弄得花道蜜水橫流，察覺熱液隱約溢出了穴口，喬宓便叫了起來，伸手去抵住那正扣在敏感點嫩肉上的手指。

景琮卻一口含住了她豎立的貓耳，瞬間刺激得她四肢像觸電般顫動，癱軟在他的懷中，黛眉緊蹙，明眸中水霧輕搧，「好難受~嗚嗚！」

「想不想再加一根手指進去？將裡面填得再滿點，堵住那些流出來的水，讓小淫貓更舒服些？瞧瞧妳，不說還好，一說浪得更厲害了。」

他惡意地用言語逗弄著，喬宓完全承受不住這樣的挑撥，腹下酥癢得厲害，那手指輕挖撥旋間，一波一波的熱意騰起，只恨不得再多加幾根手指塞進去，方能緩解些許渴望，「要~爹爹快給宓兒吧~」

景琮的眸色瞬間沉了沉，低頭看著喬宓仰起的泠泠水眸，無助地嬌媚祈求，可憐得讓人唏噓。他忽而停下花徑中撫弄的長指，在喬宓驚愕的神色中無情地拔了出來，帶出一波蜜水濺在華麗的裙間。

挑眉看看掌中被淫水沾溼的亮光，他勾唇笑道：「既然想要，宓兒就把自己的手指放進去吧，讓爹爹看看。」這一瞬間，喬宓連自絕的心都有了！

第十章

穴中空虛至極，喬宓羞恥地看著自己的手指，怎麼都下不了手。瑩白的腿心朝上大開著玉門，蜜水潺潺往外溢著，隔著薄薄的開襠褲，臀下的軟煙羅裙溼濡了好大一塊。

「都是小淫貓的味道，聞到了嗎？乖，自己把手指慢慢放進去，就能把花穴撐大了。不是想吃嗎？先放兩指進去，像爹爹那樣攪著自己，哪裡舒服就摸那裡……」

他就像個無情的劊子手，摧毀著她最後的防線，待喬宓忍不住淪落在欲望之下，就能完全陷入他為她編織的淫亂天堂了。

「不、不要說了！」

「不敢聽？」景琮還未拭去淫水的手指，緩緩地在少女的祕處勾畫，高貴的俊顏上微露笑意，繼續說道：「看妳多麼飢渴，下面的小嘴一張一合，流了那麼多蜜水，裡面的軟肉定然癢到不行了吧？」

花徑中的嫩肉何止是癢，全都沸騰著叫囂起來，想要得到摩擦和填充，哪怕小小的手指也能暫緩她一時的衝動，可是景琮卻殘忍地什麼都不給她。

喬宓難受地扭動著纖腰，將嬌嫩的臀在榻間摩擦著，溼濡的穴口火熱，景琮卻摸到了已經充血的花核上，那小肉粒此時敏感到極點，輕撚揉捏幾許，便引得喬宓秀腿抽搐。

「啊啊！別弄了別弄了～」她尖叫著去推景琮的手，卻被他抓住五指，按在了自己的玉門上。嫩指觸上溼黏的穴口時，喬宓便掙扎了起來，景琮卻已經捉著她的食指往花縫裡塞去。

「乖寶貝，摸到了嗎？妳裡面的肉在跳呢，淫蕩地想要被填得滿滿的，對，就是這樣，往裡面插。」大半的素指陷入了穴肉，景琮成功地擊碎了她的防線，低沉的嗓音不時迴蕩在她耳邊，迷惑引誘著她更加淫浪地自慰。

「還是好癢好難受，唔～」不自覺地任由自己的手指放入穴中，喬宓卻沒有被景琮玩弄時的那般快感，她試探著在溼濡的甬道裡摳挖，驚奇地發現屬於自己身體神奇的一部分。

景琮將她腿間的開襠褲撥了撥，溼掉的綢緞緊貼在臀間，空氣裡都是她蜜水的味道。看著少女自慰的生澀動作，他喉頭微動，「難受就再加幾根手指進去吧，然後慢慢地抽插，就像爹爹平常用大棒入妳一般。」

喬宓已經雙目迷離，緊咬著丹唇不知所措地跟隨著景琮的指令，纖長的手指一股腦地放了三根進去，直捅得花道收縮肉壁律動。

自己用手指撫弄，很容易就掌握想要的渴望點在何處。在景琮炙熱的目光注視下，只見喬宓細腕大動，手指在穴間抽插自慰，時而撥出一邊粉色嫩肉來，透亮的蜜水肆意橫流，香豔奪目。真淫蕩……

「啊啊~好舒服，要到了~唔！爹爹快幫宓兒揉揉~」一旦放開矜持，喬宓也不覺得羞澀了，腦中只有得到紓解這個念頭，渾身柔弱無骨地癱在景琮懷中，聽著被自己插得清聲作響的水液，愈發放肆膽大起來。

「好，爹爹幫妳揉，小淫貓舒服嗎？」

景琮如玉的長指靈活地揉搓著那粒嫣紅珍珠，喬宓杏面桃腮情欲濃濃，嬌喘著顫慄身子，胸前的乳肉便在景琮的眼中左右晃動。他這隻小淫貓如今被喚起了淫性，日後若是不看好，只怕很容易就上了別的男人的床，他得日日餵飽她才行。

因著是第一次自慰，喬宓經驗不足，全憑藉著本能動作，欲望高漲卻又難免緊張，小穴深處酥癢顫動得厲害，她直接選了一個點蠻力地插弄，不多時便仰著頭渾身一陣痙攣，到了高潮。

「啊……」緋色的瓊面上難掩快意，她下意識半彎著腰去享受快感的波動，緊閉的美眸長睫微動，被咬紅的丹唇豔麗勾人，惹得景琮心癢難耐，扣過她的下顎便含住了嬌吟的小嘴。

「唔唔～」大舌勾著小舌不斷攪拌，檀口香滑，甜液橫溢，景琮大力吸吮著。高潮後的喬宓正是渾身發虛的時候，呼吸本就不穩，在他這一陣霸吻下來差點窒息。被放開時，她已經窩在他懷中，慵懶地不想動彈了。

「舒服了？那就輪到爹爹了，來摸摸，妳這小爹爹已經硬挺多時了呢。」他握著喬宓才從穴中拔出的軟熱手指，放到了自己胯間。隔著幾層錦袍，那虎鞭已經凶猛怒挺，只待一放出籠來，就會衝進她的嬌穴中一頓狂暴操弄。

「好、好硬呀……」抵在掌心的梆硬肉柱，讓喬宓瞬間睜開澄澈的美眸。高潮過後的小穴雖然還有些癢意，可是這好幾天沒入進來的東西，忽而讓她有些生畏。

她手發軟地倉促拿開，卻在他的衣袍間留下了幾道水印。景琮看出她躲避的意思，深邃的棕眸中便掠起戲謔來，也不多言便將喬宓抱起，如同那日在溫泉池中般，將她雙腿分開放坐在自己的大腿上。

「呀~王爺，我不想要了，改、改天吧！」瞧瞧她這忘恩負義的小淫貓，小穴癢的時候便叫他爹爹，一旦舒服了就喊王爺，論無情他還比不上她呢。

景琮冷哼一聲，「宓兒真是傷爹爹的心呢，妳那浪穴舒爽了，爹爹的虎鞭卻硬得難受，若不用妳那處的嫩肉去裹裹，如何是好？」

喬宓雙腿發軟，小腦袋抵在景琮的胸前，眼睜睜地看著他鬆了紫綢的褲帶，那粗壯可觀的東西瞬間映入眼簾。少女幽黑的瞳孔微縮，好粗好大……

那個每每噴出濃精、將她小穴灌滿的小眼，此時已經在吐著淡色的水液了，在她緊張的注視下危險地顫了顫。

「來吧，讓它進去，妳往日不是最喜歡了嗎？」將喬宓的裙襬捲到了腰上，也不脫那溼掉的褻褲，大開的襠口絲毫不影響他的入侵。景琮雙手掐在喬宓的腋下，將嬌小的她提起幾分，對準在碩大頂端上就緩緩地鬆了手間的力道。

「啊！」花口過於溼潤，他輕而易舉就頂了進去，喬宓渾身使不上力，只能任由景琮將她往下放。他手中的力氣稍鬆，她的纖腰就往下沉去，那猙獰的紫紅肉柱便撐開花瓣，往裡深入。

「乖，自己看著是怎麼吃下小爹爹的，真緊，幸好有那麼多水……」

幽深緊致的花徑被猛然破開，隨著景琮故意的玩弄，大半的陽物已經頂進陰花裡了，比手指粗硬太多太多的龐然巨物，瞬間讓喬宓急喘了起來，「好大~呀！爹爹慢點，我吃不下了~」

景琮挑眉冷笑道：「怎麼會吃不下？妳這般蕩浪，不全進去怎麼能弄爽妳，往日不是一個勁叫著往裡撞嗎？」

剩下的小半截陽物青筋暴露得可怕，看著喬宓可憐的模樣，景琮忽而就鬆開手，讓她整個人急速落下去，狠狠地坐在虎鞭上。

「噗嗤！」

「啊！！」這一撞，那圓碩的大肉頭直接搗在了最深處，刺激得喬宓心跳都停了一拍。仰著小臉甜膩地尖叫一聲，此刻整個人算是和他徹底融在一起了。

兩人的衣物都不曾褪去，剛才那一坐，喬宓腰間的裙襬便散了下去，實實遮住了緊緊相連的淫靡狀態。少女上身大開的衣襟間，一雙玉乳亂顫，誘得景琮湊去含住殷紅的乳尖輕咬。

「嗚嗚！輕、輕些！」他吸便罷了，竟然不時挺腰，整個坐在虎鞭上的喬宓，被他頂得上顛下搗，水穴中的巨龍脹得甬道溼熱又痠麻。

藕白的小手抓緊抵在他寬健的肩頭，相比她的狼狽，他依舊高貴如常，嵌著寶石流蘇的衣襟都不曾亂了分毫，一派皇家的高傲風範。若非他身體的一部分正在她體內流連忘返，這般架勢還真是讓她畏懼。

隔著裙衫捏了捏喬宓渾圓的臀，景琮便倚在赤金的榻欄上不動了，任由那蜜穴嫩肉吸著寸寸虎鞭，享受著那緊窄的炙熱。

「動、動一動嘛，難受呢。」套坐在那般巨物上，雖說不搗弄也充實舒爽，可是喬宓耐不住地念起景琮那狂野的頂弄，摩擦著小屁股可憐巴巴地哀求起來。

男人和女人可大不一樣，勃脹的肉柱陷在夾吸著的花淵中不動也是快感陣陣，可是那花蕊細肉不經由抽插便癢得不可言喻。「想要就自己動。」

喬宓委屈地撇著嘴，下面又脹又癢得難受，她哪有力氣去動？和上次在溫泉池一樣又被他故意欺負了，當時在水中，隨著浮力起伏倒也是全新的刺激，但今天……

她撐著景琮的肩頭，將裙襬下的屁股抬起幾分，隨著虎鞭的後撤，一股熱流往穴口漫去，還未退到一半，她就忍不住坐了下去。再次入到底的柱頭，撞得她淫媚地嬌呼起來。

「啊～」層層肉褶擠著柱身套下，景琮也不禁瞇了瞇眼，不過動了幾下，便愈來愈多的蜜水橫溢，箍得他腹下舒坦快意不止。

「就是這樣，繼續動。」察覺到喬宓纖腰發顫，他不得不伸手去扣住，借了一分力道給她。

「唔唔王爺～太硬了，好熱啊～」花徑內酥麻一片，搖動得厲害時，喬宓環住了景琮的脖頸，嗅著他身上的冷香。濃郁的男性氣息強勢地征服著，她嬌吟不斷地含著那要命的肉柱，一個勁地往軟肉上坐，頂在深處時，更是舒服得小腹直抽搐。

「小淫貓，要不要來點更刺激的？」不難聽出他聲線中的壓抑，大概是受了喬宓的挑弄，景琮也失去了耐心，扣著掌中的尺細蠻腰竟然從榻間下來，將那兩條軟綿綿的秀腿盤在腰上，在喬宓的尖叫聲中走動了幾步。

「啊！啊！」隨著他腿間大幅度的邁動，那攪在喬宓水穴中的虎鞭就是一陣猛進猛出，頭一次嘗試這種體位，喬宓被弄得痛快異常。

「噓，小聲些，叫得這般浪讓人聽見多不好。」景琮也是爽到了極致，他身形高大，抱著嬌小的喬宓在懷中走著撞，直插得她小穴抽緊、蜜水亂濺。他笑著含住她髮間的絨耳輕咬，一掌拖住她亂抖的嬌臀，只覺得體內升騰的欲火得到了一時釋放。

不過才走了幾圈，喬宓便被顛得泄了好幾波，大量的淫濡打溼了兩人的衣物，甚至還有不少的水液隨著走動，淌在了光滑的黑曜石地磚上。起初的高聲嬌吟此時也被撞得斷斷續續，小腦袋縮在景琮懷中嗚咽，已然被上哭了。

「不行……不行了，嗚嗚！爹爹，放了我吧~啊！」

「夾得這般緊，怎麼就不行了。小騙子，這麼快就泄了，不多搗搗怎行？」景琮正在興頭上，那敏感緊致的花徑吸得他酣暢不已，撐著裙下已是紅腫一片的玉門，粗暴地將喬宓往殿中的金龍大柱上一抵，就著衝擊的姿勢，紅著眼狂撞了百來下。

「啪啪啪！」獸液在花壺中爆發時，喬宓已經被頂得雙眼翻白，大腦一片轟鳴，只是下意識纏緊了景琮的腰腹，承受著濃液的洶湧極樂。

「含住了，早點給本王生個小老虎。」

喬宓醒來的時候，天色已不早了，景琮去了御龍殿處理國事還沒回來。暈倒前滿到脹疼的小腹，現在平坦了不少，倒比那虎鞭攪弄時舒適了些許。

調整了一下周身氣息，被餵飽的少女慵懶地從龍床上爬起來。隱約間總能聞到一股花香，她循著香味掀開了金紗帳幔便是一愣。

一排排金鶴燈盞照得大殿明亮，臨近龍床的一座紫金條案上擺著白日那個纏枝蓮的嵌寶花盆，出自她手的小樹苗，此刻已經長成一棵迷你藤花樹。

對比那天的巨大花樹，這一盆藤蘿更加盛豔，穗穗花串垂落案間格外精緻，喬宓心中大喜，下了床就跑到條案邊，撥了撥花穗，浸鼻的芳香盈盈。

所以……這是景琮變出來的？看來冰山老變態也不是那般冷淡無情嘛！這一刻，少女心裡竟然湧著一股說不出的異樣情愫。

第十一章

喬宓跟景琮賭氣的那幾日，一連好幾天不曾去宮學，今日再被玄天殿的人送來時，端坐在殿中的景暘便眸光一亮，待喬宓坐下，就將書案上的紫金漆盒和一個花盆推了過去。

「喬喬妳今日終於來了，寡人……」他等了她很久，不過這句話他並未講出口，看著喬宓驚喜的目光，景暘只覺這幾日的等待也不算是白用功了。

「咦，這是阿暘陛下變的嗎？」喬宓逗了逗鎏金小花盆裡的串串花穗，粉白相間的藤花清香襲人，迷你小花樹處處比照著那日枯掉的花樹，延伸的枝條茂密，一派婉約清美。

不過……比起景琮送她的那盆豔麗藤花，這一盆倒顯得略為遜色。

景暘看著趴在桌上撥弄藤花的少女，豎立的粉白貓耳微顫，姣好的芙蓉小臉上笑意盈然，卻沒有特別驚喜的樣子，這個認知讓他一顆悸動的心，忽而有些發冷。

「喬喬不喜歡嗎？那日寡人見皇叔父毀了那棵花樹，妳很生氣，所以就化了一盆出來，想著要送給妳……」本以為喬宓看到了這盆花肯定驚喜不已，可是事實證明他似乎想太多了，一時間景國的少帝居然有些小小無措。

喬宓側眸看來，明亮的水眸嬌俏淨純，映入眼簾的是景暘隱約失落的神情，讓她稍稍一愣，連忙抬頭說道：「我很喜歡，謝謝陛下！」

雖然比景琮送得遲，難得有這份心，喬宓覺得心情甚好，一掃早上被景琮從被中撈起強制送來宮學的氣悶。

景暘也笑了笑，唇紅齒白的俊顏微舒，點了點一併推去的紫金漆盒，清聲道：「這是寡人讓御膳局準備的槐花糕，妳嘗嘗。」

喬宓貪吃，過往景琮抱著還是貓的她出現在宮中，十有八九景暘都能看見她在吃東西，多是一些小甜食。大多數時候，偷吃的她會被景琮拎著脖子訓斥，那時喬宓就會可憐巴巴地輕聲「喵嗚」。

「加了上等的金絲蜜，很甜的。」甫一打開盒子，內雕的八角鏤空花欄隔出方格，擺放精緻的花糕漫著幽幽蜜香，瞬間就讓喬宓瞪大了眼睛。她拿起一塊蝴蝶形狀的花糕放進嘴裡，才咬了一口，姣麗的秀眸便彎如黛月。

「好吃嗎？」景暘切切問到。

被美食征服的喬宓只是不停點頭，貪著一口甜食含糊道：「好吃，又香又甜！」

這下景暘終於放心了，看著喬宓享受的模樣，只覺此刻的心，竟比吃了那摻著金絲蜜的花糕還甜。

收了景暘的花和糕點，喬宓覺得兩人的友誼再次加深，便將早上景琮口頭警告她不許接觸俊俏少年郎的事忘到了腦後去。

「陛下，我可以跟你打聽一件事嗎？」撥了撥額前散落的瀏海，喬宓略顯神祕地靠近景暘，拉了拉他的龍袍廣袖。

景暘微愣，為了配合喬宓，便將峻拔的身形靠過去些許，隱隱還能聞到少女身上散著的幽香，讓他面色微紅，「何事？」

喬宓未覺不妥，一心惦記著那件事情，忙問道：「你知道蒼驊嗎？」

從景琮口中說出來的人，必定是個厲害的人物，所以喬宓只能試著向景暘打聽，身為少帝的他應該知曉一些。

「蒼驊？喬喬為何問及那人？」景暘稍驚，續道：「那是夜國司命族的族長，曾與皇叔父對戰過，妳不知嗎？」

「夜國司命族？他很厲害嗎？」喬宓不是這個世界的人，被景琮叼回來這麼多年，養尊處優不問世事，又遇上景琮修身養性退居朝野掌控朝綱的時代，當然不會知道過多的事情。

思及喬宓最近才幻化，景暘倒也能理解，便向她解釋道：「夜國司命一族是專供奉皇家祭祀，他們奉承上古術法，族人均是厲害的人物。當年魔族來犯景國邊界，皇叔父帶兵親征。」

那時的景琮術法修行已達到巔峰，帶著虎威軍將魔族打得落花流水，凱旋歸朝時，卻聽聞夜國趁亂來襲，領軍的正是夜帝夜煊，景琮便轉向率大軍去驅逐。夜帝煊也是個厲害的人物，人至中年一身修為無人能匹敵，偏遇上心高氣傲的少年景琮，那一仗打了很久。

最終，夜帝煊敗在了景琮手下，成王敗寇，冷酷狠厲如景琮當然沒有讓手下敗將活著的理由，但竟在一刀斬殺夜煊時被人擋下。

這時景琮才遇上真正的對手——夜國司命族長蒼驊。

兩方交手鬥得天昏地暗，千百種術法齊齊上陣，方圓百里都陷入了絕命陣法。景琮還是太年輕了些，蒼驊修了數十年的上古術法，他當然敵不過。那可說是景琮平生第一次吃了敗仗，還被蒼驊傷到手臂，一晃多年過去，屈辱還在心中未曾褪去。

「唔，我倒覺得王爺是真的厲害……」至此喬宓才明白那日景琮提及蒼驊兩字時，為何寒意刺骨了。說來景琮當年也是吃了年輕的虧，與夜帝打了幾百回合，不曾休息就對上蒼驊，不輸都難。若現在再叫蒼驊來，且看誰輸誰贏。

景暘當然贊同喬宓，尤為興奮道：「如今天下恐怕沒有能與皇叔父敵對的人。當年那一仗雖然我等輸了，夜國人卻也夾著尾巴逃回家，蒼驊還曾說過，皇叔父是最可怕的對手。」

喬宓揉了揉癢癢的貓耳，這樣神一般的男人，居然讓她碰上了，嘖嘖，看來她以後要抱緊攝政王的大腿才行。不過，那天她的術法波動被景琮識破，莫非她真的跟那個蒼驊有些淵源？

「喬喬？喬喬妳在想什麼？」見喬宓兀自出神，連景暘的手在她眼前晃了晃也沒有反應，他便用修長的手指戳了戳她的臉蛋，驚得喬宓瞬間清醒，「呀，我剛才忽然想到一些事情罷了，你戳得我好疼。」

景暘訕笑著將手藏進滾金邊的廣袖中，指尖還殘留著少女嫩滑肌膚的觸感，讓他心下一陣怦然燥熱，「我是想告訴妳，過些時日便是秋獵了，妳會參加嗎？」

往年秋獵景琮也會帶喬宓去，今年當然也不例外。下午宮學沒有課，景暘便帶著喬宓準備回御龍殿去，御駕才行至華清宮，就有人來傳攝政王的旨意。

「陛下，攝政王與裴相在炤令苑，請您現下過去。」

坐在後面轎輦上的喬宓把玩著手中的金絲牡丹團扇，忽然聽見裴禎名號，便揚了揚秀眉，黑亮的眸子一轉，清聲道：「我也要去。」

傳話太監立刻笑著應下，「攝政王囑咐了，若是喬小姐要去，也請一道過去便是。」

龍輦上的景暘回首望了一眼笑靨盈然的喬宓，再回頭時，被明黃袞珠華蓋遮了午陽的俊顏上晦暗不明，玉白的長長手指奇怪地攥緊了身側的龍頭扶手，「那便過去吧。」

喬宓很喜歡到炤令苑來玩，別看景國是獸族之首，論及享受生活，真是每個都很會玩。帝宮一角的炤令苑占地之廣，聚集了天下各式園林建築，處處是奇花異草、珍禽走獸，大有萬園之園的美譽。

下了轎輦，喬宓就俯身在芙蕖湖中採了一朵粉蓮抱在懷中，轉過身才發現景暘面色不佳，望著華柱上方的巨大金匾，看似有些躊躇，「陛下你怎麼了？我們快進去吧。」

景暘輪廓秀氣的臉上驀然添了幾分怪異的笑，和往日那個羞澀純情的模樣大為不同，驚得喬宓瞪了瞪眸，以為自己眼花了，「阿暘你沒事吧？」作為朋友，喬宓很是關懷地問了一句。

「喬喬，走吧。」一揮龍袍的長袖，少帝率先入苑，大群的宮娥太監隨侍在後，倒是喬宓愣了愣沒有跟上。

看著少年愈走愈遠的峻拔身影，她有些迷糊地撓了撓髮間的絨耳，「這小子怎麼回事？」

等喬宓進了炤令苑，才知道問題出在哪裡。應著秋景築下的炤令西苑偏殿中，除了景琮和裴禎，竟然還有旁人在。一個是鬍子很長的老頭，一個是畫中生嬌的少女。

那老頭喬宓在朝中見過，是左司馬王郿，倒是邊上的陌生粉裙少女，讓喬宓眼色發亮。她還是第一次見這麼漂亮的女子，那淡雅脫俗的小臉，風姿綽約的嬌小身形……一番打量後，喬宓回過了神，總算知道這是鬧哪齣了——典型的相親呀。

「傻站在那做什麼，還不過來。」景琮挑了挑高傲冷淡的長眉，朝喬宓招了招手，小貓這才抱著剛摘的蓮花蹀躞而來，初秋雖然不熱了，可是喬宓的體質異於常人，光潔的額間還滲著隱隱香汗。

「王爺～」喬宓才坐下，懷中的粉蓮就被景琮抽走扔到了身後宮娥的手裡，轉而將白玉桌上的一只瑪瑙杯放在她手中。漂浮著辛夷花的紅茶微涼，才喝了一口，喬宓就舒服得貓耳輕顫。她仰著姣麗的小臉對景琮一笑，酒窩微旋，瑩白的貝齒乍現。

坐在對面的裴禎將一切收入眼底，淡然的溫潤眸中起了些許波瀾。早些時候與景琮入殿時，攝政王便令人備下了這杯花茶，不讓人放碎冰只任其慢慢涼卻，原來是要給喬宓喝的。

人人都說景琮陰狠毒辣，是個無心的獸中之王，如今在裴禎看來，其實並不盡然吧？

喬宓趁著喝茶的空隙偷偷瞄了瞄對面的裴禎，正巧對上國相溫柔的笑意，頓時心都漏了一跳。那日花樹被景琮變成碎屑，她一怒之下就跑回了玄天殿，一連幾日不出宮門，未能再遇上男神。今日裴禎又是一襲朱紫朝服，俊逸如玉，一派氣質溫儒。

忽然髮間的貓耳被一隻微涼的大掌扣住，喬宓忙放下手中的瑪瑙杯看向身邊的景琮，那輕揉著絨耳的長指，隱約帶了些力道，弄得她微疼。棕色的寒瞳中冷笑頗深，喬宓被他看得後背發涼。

好，這是又吃醋了。拉下他按在她頭上的大掌裹在嫩白的小手中，喬宓湊在景琮戾氣隱然的臂間蹭了蹭，總算是安撫住了大虎。看看那邊在景暘身後一直低眉順目的美少女，她便偷偷輕問：「王爺，這位姑娘是誰？」

景琮慵懶地靠在紫金蟠龍的扶手上，反握住喬宓的手在掌中把玩，薄唇微勾，「王司馬的小孫女，宓兒覺得王姑娘配陛下如何？」

他這一問，不遠處的景暘和王姑娘齊齊抬頭看過來，王姑娘含羞如嬌，但景暘的眼神卻讓喬宓有些吃不消。難怪他方才躊躇不悅，恐怕是早知道要被安排相親了。

說來也是可憐，一介帝王，朝政被皇叔把持也就算了，如今居然連婚事都不得做主。「咳咳，王姑娘當然是不錯，不過婚姻之事，還得看兩人意願不是嗎？」她也只能幫景暘到這了。

「小喬姑娘所言甚是，王司馬一族出自東山火狐，也是名門，聽聞王姑娘自幼便精通術法，頗有才氣，堪任皇后一位倒也合適。不過陛下如今尚未親政，若是立后怕是還早了些，還望攝政王三思。」

裴禎洋洋灑灑地先揚後抑，說得好聽是讚美那王姑娘不錯，其實就是不贊同景琮選她為后。

再看看那王司馬剛才還一臉微笑，此時已經黑了臉，喬宓這才想起來，景國的兵馬俱是掌控在景琮手中，而左司馬王廊當然是景琮的人，若真立了王家女子為后，景暘怕是一輩子都脫離不了傀儡帝的命運了。身為忠臣的裴禎，當然是首當其衝不會答應。

「本王何時說過要擇王氏女為后了？阿暘如今也不小了，後宮尚無御妻，本王身為皇叔又豈能坐視不管，秋獵過後便冊封王氏為貴妃吧。」景琮低沉笑道。這下，就算是裴禎也沒了拒絕的理由。

「宓兒覺得如何？畢竟妳可是阿暘未來的皇嬸母呢。」

喬宓：「……」

第十二章

喬宓即將成為攝政王妃的消息不脛而走，搞得她這幾日出入宮廷處處感覺不對勁。但最令她生氣的就屬景暘，有了那火狐族小美人，都不和她一起玩了。

這樣的局面，最愉悅的莫過於景琮了。午後處理完政務，景琮便擺駕去宮學，心血來潮想看看他的小貓是如何勤懇學習。

冷眼睥睨一眼跪滿宮廊長道的太傅們，景琮薄唇含笑，從那鏤空花窗往殿中看去，一眼便瞧見了喬宓。湖綠色的絹紗長裙是他晨間親自為她穿上的，彩線暗走的飛蝶穿芙蓉，襯著她那小身板既嬌美又柔媚。

以往喬宓是和景暘坐在同一排，自從那王家姑娘得令入宮後，喬宓的座位就改到了另一側去。太傅礙於她掛著未來攝政王妃的金字招牌，更是不敢讓別的少年和她同坐一處。

這直接導致喬宓孤零零一人坐在大殿一側，碰巧遇到術法課，嫩白的小手在喚物的沙盤上，比比劃劃大半晌都沒結果。少女可憐地垂著粉絨貓耳，徹底沒了活力。

景琮向來陰寒的眸中溢滿了笑，把玩著手中的玉柄錦扇，便往大殿門口踱去，踩著金龍厚底靴的腳並沒有發出太大的聲響，身後跟隨的一群人更是不敢出聲。

喬宓正懊惱著，抓耳撓腮地看著桌案上的沙盤。別人都變出一桌的東西了，唯獨她這什麼都沒有，好不容易變了一株小樹苗出來現在也枯萎了。

「拜見攝政王！」陡然響起齊齊的跪拜聲，喬宓忙抬頭看去，只見景琮那道紫金蟒袍的高大身影鶴立雞群，所有人都恭敬地匍匐在他腳下。

「都起來吧。」景琮一邊說著一邊負手往喬宓這走來，連過來問安的小皇帝都不看一眼，注意力似乎全放在喬宓沙盤中枯掉的小樹苗上。

「修為之事不可急進。」蒼勁的五指握著錦扇微微一點，那枯黃的樹苗立刻恢復鮮嫩。

喬宓扔了手中的筆驟然起身，小臉上分不清是高興還是不悅，在所有人朝她暗暗看來時，喬宓壓低了聲音道：「我不想上課了！」

景琮掃了一眼她桌案上雜亂的術法書籍，和一盆開得正盛的藤花，不用問也知道是出自誰手。他冷笑著側眸看了眼一旁的少帝，暗散的威壓驚得景暘面色一白。

「不想上就不上，走吧。」深怕憋壞了他家的小貓，景琮大手一伸握住喬宓嬌軟的柔荑，在一片恭送聲中攙著她緩緩離開。

這尊威迫感壓人的大神一走，跪在地上的太傅才顫巍巍起身，擦了擦腦門上的冷汗，心有餘悸地轉過身，卻不小心看見少帝臉上一閃而逝的殺意，嚇得他倒抽一口冷氣。

炤令苑中的芙蕖四季不敗，臨水而築的玉臺宮樓上，隔著白玉欄杆伸手一折便是一朵。微風清過，喬宓抱著一束粉白芙蕖回到金紗帳幔中。

嫩白的赤足踩在景琮的紫金廣袍上，金線繡製的飛龍浮起，摩擦得足心些許不適。看著斜臥在地榻的巨大迎枕上飲酒的景琮，她抱著花湊了過去。

「王爺，為什麼你的頭髮是白色的？本體是白虎的緣故嗎？」放下手中的花束，膽大妄為地拔了景琮髮間的玉簪，一頭華髮傾瀉，喬宓抓了一縷便和自己的青絲繞在一起，黑白分明。

景琮凌厲的劍眉微動，並未阻撓喬宓好奇的把玩，只是隔著單薄的長裙拍了拍翹起的小屁股，在她的嚶嚀聲中，又揉了揉藏在裙下的貓尾，「生來如此，宓兒不喜歡？」

喬宓嬌俏地吐了吐舌，就算借她百來個膽，她也不敢說不喜歡。掬起一把滑落在引枕上的白髮，她笑道：「喜歡呀，就是有點小好奇。」

身為皇叔，景琮本體為白虎，頭髮是白色的，那景暘自然也該差不多，為何景暘的頭髮卻和她一樣是黑色呢？怪哉。

可惜景琮不給她亂想的機會，攬住她的纖腰就將人抱入懷中。他抬手拿過白玉小案上的金龍酒盞，在喬宓的驚呼間，將大半杯的瓊漿倒入她口中。

「唔～咳咳！」那酒太烈了，入口雖是甘醇，可進了喉嚨就一路燒到胃中，嗆得喬宓瞬間面頰似三月的粉桃般灼紅，紅著眼睛打翻了景琮手中的酒盞，「你、你又灌我酒，咳！」

景琮挑著昳麗的薄唇微笑，寵溺地揉了揉喬宓豎起的貓耳，俯身親吻著她的丹唇，長舌掃在潤滑的唇瓣上，似乎在回味著烈酒的香醇，「小淫貓臉紅的樣子，真可愛。」

喬宓一向不喜歡脂粉味，從不化妝，嬌嫩的面頰因為酒意宛如朝霞映雪，惹得景琮甚是歡喜，捏了捏稚嫩圓潤的小臉，大掌順勢就往她的衣襟中摸去。

「呀！別、別弄了，我頭暈。」想要推開景琮揉弄玉乳的大掌，卻發現手下無力，喬宓只能哼哼著在他懷中亂蹭，幾度三番碰到大虎胯間的巨物還不自知。

「爹爹就喜歡小淫貓發蕩的模樣，再多扭扭。」景琮冷寂的聲音多了幾分危險，按住喬宓亂動的小屁股往胯下湊。沉睡的虎鞭漸漸被喚醒，他拽開少女花紋淡雅的衣襟，一口咬在她香嫩的頸間。這一刻，芙蕖的芬芳、烈酒的甘醇，都遠不及懷中貓的浸脾幽香。

「真恨不得吃了妳這小貓。」捉住喬宓推揉他的小手，他將蔥段般的嫩指含入口中舔舐，心下口訣微動，一眨眼的時間，懷中的少女就不著寸縷了。

「我、我的裙子！」渾身陡然一涼，喬宓便嬌呼了起來。瑩白的胴體姣美，連帶髮間挽著的花髻都散落了下來，半藏在微亂青絲中的雪絨貓耳透紅，撩撥得景琮也速速祛除自己身上的繁瑣衣物。

「宓兒不是懊惱修為不夠嗎？再多吃些爹爹的精元，就會變厲害。」

喬宓被按在景琮不斷壓下來的精裸胸膛下，秀眸惺忪地喃喃著：「你騙人，我……我吃了那麼多，都沒用！」但凡和景琮歡愛，哪次不是被他灌滿一腹陽水，除了體質好了些，她還真不覺得有何用。

景琮不怒反笑，含著她微燙的貓耳在唇齒間逗弄著，「妳傷了元神，哪可能輕易好起來，若是沒有我的精元，妳這貓早就不在了。」

欺霜賽雪的玉肌盈盈，寸寸之間便是一道曖昧吻痕，喬宓嚶嚀著躺在地榻的短毛絨毯上，芙蓉面潮紅，一隻蓮足被景琮握在掌中高高抬起。

一連串的熱吻流連在大腿內側，吹彈可破的雪膚登時緋紅一片，薄唇靠近玉門，散著酒氣的滾燙呼吸噴灑在光潔的陰戶上。

「啊～」喬宓的明眸中水霧氤氳，看著景琮俯身在她腿間的架勢，下意識想併攏雙腿。奈何雙足盡在他的掌控中，微熱的舌尖掃在含羞嬌嫩的花唇上，她便被刺激得不停嬌喘。

歡愛久了，景琮心情好時便會花時間取悅喬宓，每每弄得她蜜水橫流，更利於虎鞭長驅而入。靈活的舌尖挑逗著飽滿的嫩唇，如同對待上面的小嘴般吸吮攪弄起來，齒間力道加重時，喬宓便是一陣急促尖呼，乃至於他用唇舌含住那粒小陰核狠狠撥弄挑逗。

「別咬～別咬！唔～好難受～」喬宓嗚咽著，仰起的玉頸在空中劃出漂亮的弧度。她繃緊腿腹，最敏感之處被恣意玩弄，酥麻的電流在四肢百骸亂竄，花心深處奇癢難耐。

「淫貓，又溼了。」漂亮的玉門如同四月初開的大紅牡丹，被澆灌得淫豔溼亮，微開的細縫間水液潺潺，景琮沾了一些在指間，笑著塞進喬宓的小嘴。

修長的手指攪著溼熱的檀口，在喬宓咿咿呀呀的喘息中，他憑空變出一物來。

直徑約莫四公分的透明琉璃珠，串成一串將近十來顆，在景琮手中泛著晶瑩的亮光。

喬宓慌忙嚥下口中香津，在作亂的手指撤去時，無措地軟軟出聲，「王爺……」

「今日宓兒與爹爹玩些不同的吧。」拿著一顆琉璃珠湊近喬宓的唇邊，才碰了一下，她便柳眉緊蹙，「好涼。」

「是嗎？」景琮興致極高地挑眉，琉璃製的珠子不僅涼且重，冰涼的珠子在少女粉光若膩的小臉上蹭了蹭，便一路往下頭去了。

喬宓瞪眸，大呼起來，「不可以放進去！太涼了，不、不對，這種東西怎麼能放進去，唔！」她驚得不淺，情急之下便用玉足去踹景琮，嫩白嬌柔的腳心一個不小心就抵在了攝政王的俊臉上。看著景琮瞬間微變的面色，喬宓嚇得立刻咬唇。作為獸中之王，如此被女人踢了天下蒼生膜拜的臉……

「我、我不是故意的！」喬宓以為景琮會震怒，未料他只是擒住了那隻小腳，在大掌中捏了捏，貼著精壯的胸肌一路蹭到了腹間，那甚少行走的小腳沒有半分粗繭，嫩得哪裡都是軟的，觸感極佳。

足心緊貼著他的腹肌，察覺那裡燥熱異常的喬宓想抽回腳來，景琮卻不給她機會，竟然捏著腳放進了唯一不曾褪去的飛龍暗紋褻褲。

嬌嫩異常的足心被按進叢林裡貼著勃起的巨根，猙獰的硬物頂得她心慌，喬宓瞬間潮紅了粉腮。這個老變態！

「乖些，這裡已經很大了，若是直接入妳，恐怕又要叫疼了。」

喬宓嗤之以鼻，明明就是想跟她玩道具，還把藉口說得冠冕堂皇。不過她還真是有點怕那虎鞭，橫插直塞的，到現在都不能習慣那可怕的尺寸。

「既然寶寶嫌珠子涼，爹爹便想法子讓妳的淫穴熱起來吧。」蓮足甫一脫離他的掌控，喬宓就有不妙的預感，在景琮轉身去尋東西時，她爬起身打算變成原形離開，口訣才念一半，翹起的貓尾就被景琮捉在了掌中，一股強大的威壓瞬間震住了她的術法。

「若真喜歡變回原形，信不信本王讓妳一輩子都做隻貓，嗯？」

喬宓軟軟輕哼著，被拽回了方才躺著的地方，光潔的玉背緊貼著精緻的短絨毛毯，含嬌帶嗔地看了景琮一眼，「我、我怕受不了。」

「乖，爹爹自然會讓妳歡喜。」景琮斂下陰沉面色，笑著揉了揉喬宓的腦袋，一把打開她的雙腿往上按去，幸而小丫頭身嬌體柔，能駕馭住這樣的姿勢。男人的長指輕撫著朝上大開的玉門，淫豔的花穴初綻，潺潺多時的蜜水在穴口處蕩漾。

「害怕受不了還流這般多的水，小騙子口是心非，今日且好好調教一番，看妳日後還敢不敢騙爹爹。」他雙指合併抵在細窄的縫口上，就著水液猛然塞入甬道。

「呀～慢慢些～」溼濡的花徑微熱，景琮手心朝上，插入穴中的雙指挑逗性地摳弄起緊絞的褶壁，不疾不徐地卡在轉折處的嫩肉上，隨意一陣按壓，就攪得喬宓腿心潮起。

「換個地方吧，嗚嗚～」連日用胯間巨根進出她的景琮，自然曉得她的軟處在哪，專攻那一點，便激得痠澀麻癢波波襲來。

察覺指間絞緊，景琮薄唇微勾道：「還是不夠熱呢，等爹爹將這道嫩肉鬆一鬆，將裡面弄熱些，再塞那琉璃珠，可好？」

喬宓欲語淚先流，想要斥訴景琮變態，可又被摳得淫水洶湧，爽得直呻吟，只能任由他了。大概是攪得差不多了，雙指猝然退出，瞬間空虛的花道淫液外湧，豔麗花唇微顫地期待著更大的巨物。

「你！」那種從半空墜落的感覺讓喬宓難受極了，方才還被摳挖到暢快的花穴，這會癢得更厲害。

只見景琮用絹帕拭去指間溼漉漉的蜜水，長臂一揮拿來桌上的紅釉彩繪酒壺。喬宓以為他要暢飲，不料細長的壺嘴竟然抵上了她的花心。

「不、不可以……唔！」他壓下她的抵觸，酒壺微傾，壺嘴插入花肉半寸，瓊漿潺潺漫入花道。微涼的酒液流速不快，喬宓甚至能清晰地感覺到涼意侵入的過程。

燥熱頃刻升起。她繃緊小腹，酒液沖洗填滿帶來細膩快感，微紅的美眸對上景琮深邃的眼，無聲地控訴著他的變態。

酒香正在瀰漫開來，為了讓那半壺酒水更加順暢進入，他的長指甚至分開了她的蝶唇，往兩邊大大撐開，隱約可見來不及滲入的酒液，在穴口的粉紅嫩肉間外溢。

「可熱些了?小淫貓且用小嘴含住了，待燙了幾分爹爹就幫妳吸出來。」

第十三章

喬宓呼吸嬌促，豐滿的椒乳起伏不定，嗚咽的喉間似乎都溢著美酒的甘醇，努力縮緊的花口處，總有種酒水雜著蜜液外泄的灼熱感。

「還說喝不得酒，瞧瞧妳下面的小嘴多貪杯，大半壺都灌進去了。」景琮興致不錯，湊近大開的旖旎玉門嗅著四溢的酒香，曖昧的低喃間，灼熱的氣息掃在敏感的桃縫上。只見喬宓渾圓玉臀一縮，一縷水液便從嫩口裡溢出，淌過粉嬌的會陰，往後庭滑去。

「唔～」溫熱的水流緩緩淌過，這感覺過於細膩，喬宓不禁蹙著眸低吟。

「夾緊些，都溢出來了。」他嘴上說著，大掌卻故意拍了拍翹起的嬌臀，渾身發燙的喬宓哪受得了這樣的刺激，內壁一緊又是大股的酒香往外湧。

「啊！你、你別打那裡～」力道不大，半邊的渾圓臀肉卻緋紅一片，外泄的酒水弄得菊穴一片溼亮。玉臺四周的金紗被清風浮動，絲絲涼意拂來，衝上喬宓腿間的燥熱，舒服得她咬唇微哼。

方才穴中還異常脹滿，因景琮那一巴掌，倒是減輕了不少壓力，不過體內深處逐漸浸染酒意的滾燙感，也不曾讓喬宓輕鬆多少。

「含了這麼久，也該熱了，要爹爹幫宓兒吸出來嗎？」景琮笑著用食指在酒水橫溢的會陰處來回游走，不時去摳弄被浸溼的精緻菊穴，不時又去逗揉細縫中的敏感陰核，弄得喬宓顫慄連連，好幾次差點撐不住壓在胸前的秀腿。

半壺的酒量已經很多，再混雜著花道分泌的淫液，喬宓被脹得直嘟嘴，紅著眼睛巴巴望向上方的景琮，可憐兮兮地嬌抖著聲音，「爹爹快幫宓兒吸出去吧，裡面脹得好難受～」

景琮早就等著這麼一刻，喬宓話音方落，他便抓住她瑩白的腿心，雙指將微闔的粉嫩肉往兩邊掰開，濃郁的酒香瞬間從穴肉中散出。

「真淫。」他俯身伸出口中長舌，在溼答答的穴口處淺淺舔了一下，美酒混合著女兒香，那滋味溢在口齒間，真的是別樣美味。掌下的腿心一抖，他更加用力去分開那神祕細縫。

「啊啊～別、別舔了，停下停下，嗚嗚～」唇舌再次襲來，就不是前一刻的淺嘗輒止了，這會如狂風催捲般，伴隨著「嘶溜嘶溜」的吸吮聲，脹滿的內壁頃刻就被吸空了一半。

這番刺激得喬宓都哭出了聲，顫著腰肢想躲，卻在景琮的掌控下動彈不得，小腹酥麻抽搐不止，她只能嬌吟驚呼，扣緊了自己的小腿。

景琮嗜酒，嘗盡天下珍釀，卻還是第一次品嘗花穴酒的滋味，吮著幽幽甬道中源源不斷的醇香，一時間他竟然有些忘乎所以，耳畔淫媚的嬌呼只讓他更加衝動。

「嚶嚶！舌頭、舌頭不要伸進去～啊唔～快、快些，我不行了！」靈活的舌尖攪動著快感，瞬間讓喬宓湧起泄意，承歡多次，她自然知道那是高潮來臨的感覺。那花道中的蜜水似乎永遠都吸不完，景琮的舌頭還故意在緊縮的肉縫中抽插，這種不一樣的刺激，很快就讓喬宓泄身了。

她渾身發顫，花徑深處湧出第一波高潮熱流，大腦一片空白，被咬到發紅的下唇甫一分開，滿足而虛弱的呻吟便哽咽在喉間，而腿心處的吸吮攪拌還在繼續著，讓極樂綿延不絕。

直到過了好一會，景琮才放開了她，任由她癱軟在雪色的絨毯上輕輕抽搐，過於歡愉的高潮，讓她達到了前所未有的舒爽，慵懶地甩了甩尾巴，髮間的絨耳也嬌氣地垂了下去。

「這才吸了幾下，就高潮了，本王的小貓可真是禁不住事。」拿過乾淨的絹帕，景琮優雅地拭了拭嘴角殘留的蜜水，入腹的酒香還盤旋在喉間，隱約跳動著讓他亢奮的節拍。

他扔下手絹，拿過方才擱置一旁的琉璃珠串。

「穴裡是不是很熱，讓爹爹將珠子塞進去，給宓兒涼一涼吧。」喬宓渾身虛軟，就算有心拒絕也無力反抗，任景琮拉開了腿，湊上來的琉璃珠涼得她一顫，被吸到紅腫的花穴口半含住珠子，方才還滾燙的炙熱衝動，頃刻就涼下去大半。

「小貓的嬌花含著珠子可真美，瞧瞧那嫩肉，吸得好緊呢。」景琮長指一按，第一顆珠子就消失在溼潤的嫩肉中。喬宓驚呼一聲，那琉璃珠甫一入穴，滑過燥熱的甬道，便是一股透心的涼。冷熱瞬間交替，刺激得內壁陣陣縮動。

「唔！好涼好涼！別塞了，嗚～」喬宓清醒了幾分，撐著腰往腿間看去，景琮正推著第二顆琉璃珠往裡面送，才緩過前一股冰涼，這一顆便接著進入，刺激感直接加倍，「啊！」

「噓～涼是涼了些，慢慢含著，妳會喜歡的。」一連四五顆塞入花道，景琮手指推動著珠子在穴裡往深處堵去，他拿捏著時間，總是能在她適應前一顆時塞入下一顆，給了喬宓緩解的時間，卻又讓快感暗湧。

「妳倒是能吃，第六顆了呢，還涼嗎？」喬宓細眉緊蹙，桃頰紅潤羞怯，珠子愈往裡去，那透心的涼意就湮滅一分。第一顆抵在花蕊上的琉璃珠不僅沒了涼意，還被她夾得熱意滾滾。

「不、不涼了，就是有些脹得可怕～」她輕聲說著，那串堵滿甬道的珠子在她抽吸間，好似有感應般擠動著，弄得喬宓額間香汗淋漓，一雙明眸嫵媚地勾著景琮。

眼看確實塞不下了，景琮這才停手，任由那珠子埋在穴肉中。他拍了拍喬宓的臀，示意她起身。

「爹爹幫小淫貓堵著花，宓兒是不是該謝謝呢？過來含含吧。」景琮褪去褻褲，巨碩的虎鞭彈出，他找了一處坐下，慵懶地靠在引枕上，看著喬宓艱難的動作。

故意的，絕對是故意的！喬宓咬著唇嘗試起身，可是每動一下，穴中的琉璃珠就接連滾動起來，擠在敏感的花蕊上，讓她雙腿發軟，由內而外絞著一股酥麻快感，偏偏穴含得緊，那串珠也掉不出來，「呀～」

喬宓用上面的小嘴去含他的次數屈指可數，趴在景琮的腿間，又被那可怕的尺寸塞得嗆紅了眼睛，後背下意識地起伏，卻波動到穴內的琉璃珠子，那滋味讓人又愛又怕。

「唔唔～」她搖著頭想吐出檀口中的東西，被堵塞得滿滿當當、喘不過氣的感覺讓她很不適，景琮卻按住了她的頭，安撫般揉了揉她髮間的絨耳。

「乖，再含進去些，別亂動，下面的珠子若是掉出來，可是要懲罰妳的。」

懲罰？喬宓嚇得尾巴都翹起來了，連忙夾緊腿心，滾動的珠子一瞬間就吸到了最深處，她嚶嚀著握住柔荑中的巨大虎鞭，才撐住渾身癱軟的衝動。

景琮低沉的笑聲從頭頂傳來，抵入口中的虎鞭又多了幾分，緊緊堵在喉嚨上，輕輕抽動起來喬宓便是一陣嗚咽，小手胡亂擼著餘下的大半部分。

「慢慢揉，用嘴吸。」察覺被擠在柱身下的溼濡妙舌的無措，他不得不慢慢誘導著喬宓如何去弄。

虎鞭堵得檀口難受，喬宓只能費盡心思去舔弄吸吮，聽著景琮的指揮不時用整齊的銀牙去刮蹭，繞著舌吸得滑溜出聲，鼻息間的酒香隱約散去，包裹她的是濃烈的男性氣息，這讓她從心底漸漸湧起一股不可言喻的欲望來。

輕扭著小屁股，內壁珠子滾動，快感陣陣湧上，「嗯～唔！」

這與發浪無疑的舉動讓景琮甚是愉悅，長臂一展握住在腿間來回磨蹭的玉乳，五指使了巧勁揉捏，一邊說道：「兩張小嘴都塞得滿滿，小淫貓還癢成這般，要不要爹爹幫妳把後面的洞也插一插？」

後面？喬宓哪能同意，鼓著被撐大的桃腮慌忙搖頭，生怕景琮玩真的。

「那就好好吸，再慢些爹爹可就沒耐性了。」景琮說著就伸手捉住了喬宓翹起的長長貓尾，捏著尾稍部分，用細軟的絨毛在少女的纖腰上輕輕劃動，怕癢的喬宓瑟縮著想躲，又要顧著嘴裡的虎鞭，急得都快落淚了。

「嗚嗚！」她含著肉柱抬起頭來，可憐兮兮地瞪了景琮一眼。嬌怨的小眼神頗讓景琮心癢，捏著靈活的貓尾，就將絨毛往她股間掃去。

「啊～」驚呼一聲，小腿一軟，夾緊的腿心微微張開，一粒吞含已久的琉璃珠從穴口滑出，溼答答地懸在腿間，和餘下的珠子一起晃蕩著。喬宓連忙夾攏了腿，只悻悻地希望景琮沒發現那顆被擠出的珠子。

「小淫貓可要含緊，再給妳一盞茶的功夫吧。」捏起喬宓的貓尾，輕顫的尾稍已被淫液打溼了，雪色的毛黏成了一撮。

得了最後通牒，為了保住小菊花，喬宓恨不得十八般武藝全用上，又是吸又是舔，直到雙手揉得發疼，桃腮吮得無力，景琮那才有了要噴射的架勢。

她以為他會像前幾次一般，直接射在她的嘴裡，讓精元湧入食道，不料這次景琮改變了主意。

「啊啊！」他竟然直接將她推倒在絨毯上，大手拉著琉璃珠串，不帶一絲憐惜就扯了出去，喬宓還來不及從珠子磨過內壁的快感中緩過來，猙獰的虎鞭就凶猛地撞了進去。

「爹爹的東西統統灌給妳。」景琮一挺到底，圓碩的肉頭一擊頂入了深處，敏感萬分的花道狠狠絞緊，在喬宓失聲尖叫的瞬間，將濃濃的精元全部射進她的體內。

滅頂的快感洶湧襲來，喬宓大叫著蜷縮起腳趾繃緊雙腿，下意識抬起了腰身，在滾燙衝擊入腹時，重重地癱軟在了地上。隱約間，似乎有種快要死掉而控制不住的失禁感覺……

凶殘的灌溉過程還在持續，景琮拉著喬宓無力顫抖的雙腿往兩邊壓，還不斷將肉柱往深處擠，頭端頂在宮口，享受著被自己精水浸泡的舒爽。

看著躺在雪絨地毯上如痴如醉的喬宓，他寵溺地笑了笑，「宓兒看看，妳的肚子都鼓起來了呢，真可愛。」他話語戲謔，微帶粗喘。喬宓哪還有力氣去看，只覺平坦的小肚子這會脹得難受，卡在宮口的巨物更是讓她內壁痙攣不止，高潮的餘韻還在波波湧動著。

「嗚嗚……別、別射了……」獸族天生不易受孕，於是雄性獸人的精元一次便是無法容納的大量，為的就是能讓女人更加容易受孕。不過幾率依舊很小，就如喬宓被景琮日日灌滿，也不見腹中有喜。

射完了第一波精元，景琮沒有拔出虎鞭，只等著喬宓緩過些神，便又開始在水液橫溢的花道裡挺動起來。

「不、不要插了，肚子好難受~唔！啊啊~」雪白的小肚皮微微鼓起，裡面全是景琮的東西，這更激起了男人的變態興致，無論喬宓怎麼喊也不見停下，反而挺著巨柱，更大力往花心上搗弄。

「太快了、太快了~」喬宓嗚咽著伸手抱住小肚子，被那可怕的貫穿力道撞得嬌聲顫慄，幾乎說不出話來。

陰花裡瀅得厲害，隨著虎鞭的每一次重頂，就是淫靡的水聲作響。景琮一邊挺著腰，一邊笑道：「就是要快些才舒爽呢，聽聽妳這裡叫得多歡，每次都是這樣，吸著不放還說難受，明明就很喜歡。」

「啊啊！」玲瓏的嬌軀在男人胯下猛烈晃動，充血的玉蚌間，只見紅紫的粗壯巨物飛速進出，愈來愈響的水聲在腿心底散開，大股蜜水被搗得在花口處飛濺。

爽到極點時，喬宓已經發不出聲音了，失神地任由快感侵襲，櫻桃小嘴無力的張著，流下吞嚥不了的透亮香津。

那一日，她也不記得自己被灌了多少次，只記得景琮放開她時，那無一絲贅肉的雪白小肚子，鼓脹得像是懷胎幾月，顫抖著腿行走一步，便是一大股白濁從腿間湧出……

第十四章

秋獵前夕，南洲傳回軍報，烽燭將軍帶領金豹軍一番苦戰，終於成功擊退魔族與夜國的聯手進攻。景琮甚是愉悅，大批賞賜，秋獵的心情比往年高昂許多。

御龍殿中一品大員齊聚，各自商討著戰事，喬宓只覺得無趣，便化了原形，趁著景琮不備跑出大殿，找了處清淨地就蜷著打瞌睡。

身為國相，裴禎本是得旨要入御龍殿，卻在路過白玉階時停下了腳步。只見開滿珍珠梅的花壇下，盈盈綠草中悠悠甩著一條雪絨的貓尾。那顏色，倒與簇簇潔白的梅花不相上下。

「小喬？」他示意身後的大臣們先行一步，轉過九龍柱，輕輕喚了一聲。一片馥鬱芬芳中，快要睡著的喬宓倏地驚醒，瞪著黑曜寶石般的貓瞳往後一看，一雙雍貴的麒麟厚底官靴映入眼底，再往上便是穿著官袍的儒雅國相了。

「喵！」她驚喜地叫了一聲，爬起身來將蓬鬆的毛絨屁股藏到了花叢裡，蠢萌的胖胖貓臉上，長長的鬍鬚微顫。

刻意壓低的「喵嗚」聲軟綿綿可愛得很，裴禎下意識往不遠處的御龍殿看了看，大概知道喬宓為什麼要小聲了。頎長的身姿優雅地蹲下來，溫和的月眸中一片沉沉笑意，「妳在這裡睡覺？」

喬宓點了點頭，她早上本來就沒睡好，景琮還把她從床上挖起來。本來是帶到御龍殿睡，結果眾臣忙於商議國事，吵得她只能躲出來。

裴禎有些無奈地搖了搖頭，骨節削長的玉指朝喬宓的頭頂摸來，喬宓以為他是要揉她的腦袋，便乖乖地湊了上去，指腹輕柔掃過，還不曾愛撫揉捏，他很快就撤開了手。

男人的指間多了片珍珠梅的花瓣，顯然是從她的頭上撚下來的，「這裡可不是睡覺的好地方。」

沒有被摸摸，喬宓有些失落，豎起的貓耳都垂下來了，眨著透亮的大眼睛哀怨地看著裴禎。似乎自從變成貓後，她就有了這種渴望被撫摸的天性，只有變成人形時，這種渴望才會減少。

這般舉動讓裴禎有些無措，將手中的花瓣扔在草叢，沾著花香的手便下意識地揉了揉那顆可愛的貓腦袋。細滑絨毛掃過掌心的感覺，讓他捨不得放手。

「喵嗚～」這下喬宓終於開心了，踮著肉肉的小貓爪瞇著眼睛，毛茸茸的腦袋在裴禎手中蹭著，開心地直甩尾巴，打得幾株珍珠白梅落個不停。

裴禎差點大笑出聲，雅致的唇瓣勾起，露出了雪白的牙齒。對著旁人或許還能清冷的眸眼，此時遇到喬宓不自覺地全然化作了寵溺，「妳喜歡這般撫摸？」

「喵喵～」只可惜喬宓不能說話，不然她一定會告訴他，她確實喜歡這種愛撫，不過並不是喜歡每個人都這樣摸她，迄今為止也只有景琮和他有這種待遇了。

裴禎忽而想起了什麼，驟然收回手掌，在袖中暗袋裡掏了掏，動作有些許急，終於在喬宓好奇的目光中拿出一物來。繡著翠竹的手絹正裹著一塊花糕，儘管還沒打開，喬宓已經敏感地聞到了香味。

「我聽太傅說，妳喜歡吃甜的花糕，這裡正好有一塊……」

喬宓是看到吃的就忘了所有的饞貓，待裴禎的玉指將花糕分做小塊，她就迫不及待地張開小嘴去咬。桂花餡的糕點香軟極了，她一邊吃一邊甩尾巴，以至於那花雨不曾停下。

吃著吃著她便一頓，吐著粉色的小舌回味了幾秒，覺得這糕點的味道很是熟悉，似乎有股宮廷金絲蜜的甜。她連忙抬起頭看向不再說話的裴禎，他只是靜靜地看著她，眸中溫柔的點點笑意，頃刻讓她淪陷。

「怎麼不吃了？」片片花雨猝停，喬宓呆呆地低下頭，忍住了心中情緒，再咬起一塊糕點入口，只覺得心都甜化了。

她不傻，只是偶爾蠢萌了些。裴禎不會無緣無故隨身帶著一塊糕點，即便是順手，也不可能剛好選了她最喜歡的味道，所以真相只有一個。高高在上的國相大人，還不知自己那點小心思已被喬宓看穿，兀自愉悅地餵著貓。

恍然記得有一日，與好友趙太傅閒聊時，好友曾嘆到攝政王的貓貪吃格外嗜甜，陛下每日送她一盒加了金絲蜜的槐花糕，待到課畢時就只剩個空盒子了。

好友走後，裴禎也不知是怎麼了，再也無心批奏政事，望著一院的飄香桂花，便讓僕從拿了籃子來，摘花晒花，再吩咐膳房加了金絲蜜製作……

他彷若入魔般，往後的日子裡，入宮都會帶一塊糕點在身上，即便再也沒有單獨遇上那貪吃的貓，心中的期冀卻不曾減少過。今日，他終於送出了第一塊，「好吃嗎？」

「喵～」喬宓像是窺得天機般高興，嬌俏地甩著尾巴，不顧一臉的糕屑「喵嗚」著，末了伸出一隻腳去拍了拍裴禎餵食她的手。

看著按在手心的軟軟肉墊，裴禎正要再說些什麼，身後卻傳來了環佩叮璫的聲音，轉身看去，少帝景暘和那王家姑娘正站在不遠處。裴禎不禁斂了溫柔的笑，目光忽而清朗起來，恭聲喚道：「陛下。」

景暘看了看裴禎，又看了看花叢裡的喬宓，稍帶著幾分青澀的俊顏上閃過莫名冷意，邁著腳上的金龍靴過來幾步，掛著和往日有些不同的笑意，「國相怎麼還在這裡？皇叔父正在等您呢。」

少年穿著玄色深裾龍袍，腰間玉帶華美，佩了西山漢玉組，顯得格外峻拔氣勢，負手而立間頗有幾分景琮年輕時的威壓。

裴禎隱隱皺眉，回頭看了眼縮回花間的貓，思量了幾秒，便起身行禮離去。他這一走，喬宓也不打算待在這裡了。最近她和景暘的友情嚴重破裂，兩人已經好幾天沒有說過話，每次她有意拉近兩人關係，小皇帝都冷淡地置之不理。久而久之，喬宓也不願意搭理他了。

本以為景暘會跟著裴禎一起離去，不料他卻再度將目光轉向躲在花下的喬宓，大步走了過來。少年看著綠草中的那方翠竹手帕，上面還殘留著幾塊桂花碎糕，幽幽泛著的金絲蜜是如此熟悉。

「哼！」他冷哼了一聲，在喬宓不解的目光中，忽而抬腳踩了上去。空氣瞬間凝結，只見那張狂的金龍帝王靴踏著手絹在草叢中幾次踩踏。

「喵！」整個過程，景暘都用一種很可怕又陌生的眼神看著喬宓，讓她毛骨悚然。

「陛下！」站在景暘身後的王姑娘很快察覺到氣氛不對勁，看著已經豎起全身毛來的喬宓，再看看陰沉的少帝，七巧玲瓏心瞬間閃過萬千種猜想。她顰著柳眉上前，大膽地拉了拉景暘的龍袍廣袖，卻被景暘冷著臉如沾上穢物般甩開。

就在那個空檔，喬宓從花間竄出，翹著憤怒炸毛的尾巴想要離開，卻被景暘閃身擋住了去路。沒剎住爪子的喬宓，一頭撞上他的帝王靴，「喵嗚」一聲就摔回地上，正好壓住被景暘踩髒的手絹。

「喬喬，妳沒事吧？」這會景暘似乎又變回了原來的他，慌忙蹲下身來，將暈呼呼的喬宓抱入懷中，揉了揉她的絨毛腦袋，清俊的龍目中俱是歉意黯然。

喬宓被他這樣的雙重人格嚇得不輕，抬起爪子拍開了他的手，帶著一絲憤怒，在景暘手背上意外地抓出幾道血痕，「嘶～」

「陛下您沒事吧？」王姑娘驚慌地上前，不過這次再也不敢拉景暘的龍袍了。可惜與她和顏悅色相處好幾日的少帝，卻連個眼色都不給她。

景暘倒抽著冷氣，將喬宓放回了地上，捂著滲血的手背，結結巴巴地說著：「喬喬，寡人方才……」他想說他不是故意的，可是喬宓沒給那個機會，一甩尾巴就一溜煙地跑了。雪白的貓身在宮廊上劃出一道漂亮的弧線，很快就沒了蹤影。

景暘挫敗地垂下頭，髮間的九龍冠珠旒微晃，他緊抿著嘴，看著綠草坪上踩髒的手絹和糕點碎屑，幽深的眸底浮起一抹神傷，漸漸用力握緊了雙拳。

晚間用膳時，景琮看著情緒莫名低落的喬宓，連夾了好幾塊鱈魚肉她都不曾動口，不免有些好奇。他放下手中的翡翠筷箸，將喬宓往懷中一攬，「本王的宓兒怎麼了？往日不是最愛吵著要吃魚嗎？今日倒是怪哉，竟然不吃了。」

少女的長長烏髮挽了花髻，簪著珍珠釵和絹花，姝麗漂亮得很，景琮揉了揉她不開心地垂著的貓耳。

喬宓當然還在想景暘的事情，一直以來，她都將他當做一個被攝政王控制的傀儡帝，對他是既同情又可憐，格外珍惜他們之間的友誼。

可是最近，她覺得景暘愈來愈奇怪，特別是今天，踩著手絹在地上踏的那一刻，陰沉的眉宇和景琮如出一轍，「王爺，你說一個人會突然轉變性子嗎？變得很嚇人那種。」

景琮挑眉，握住喬宓的柔荑在大掌中揉捏，笑道：「哪有人會突然變化，不過是露出藏著的本性罷了。宓兒這是在說誰，阿暘嗎？」

瞬間被猜透心思，喬宓有些急了，生怕景琮亂想，忙解釋道：「不是、不是，我只是忽然想問問而已。」

「是嗎？」景琮哼笑著，陰冷的棕色瞳孔都柔了幾分，捏了捏喬宓圓潤的桃頰，沉聲道：「獸之天性，善惡早定。阿暘出生之年，欽天監批過他的命格，是暴戾狠辣之主，待年齡一到繼位後恐對天下不利。他父王駕崩時，便將他託付與我。」

喬宓驚愕地瞪大眼睛，抓住景琮的手指，愕然道：「所以你才做攝政王壓著他，不下放權力嗎？」喬宓怎麼聽都不願相信，老變態真不是有野心的人？

景琮冷冷地看了她一眼，像是知道她心中所想，掐著纖細的柳腰將她抱高些，張口懲罰地咬在了粉白貓耳上。只聽得喬宓痛聲求饒，他才放開了她。

「皇兄駕崩之前，遺詔上寫的便是本王的名字，小宓兒覺得本王還有那野心嗎？」

所以皇位本來是傳給景琮的？雖然匪夷所思，但是喬宓不覺得他是會說假話的人，委屈地捂著被咬溼的茸茸耳朵，震驚不已地問道：「那你為何把位置讓出來了？」

「做皇帝多無趣，還不若做個閒散王爺，玩玩傀儡皇帝的把戲，每天嚇一嚇那批老獸臣，再逗逗本王的小貓，豈不快哉？」

喬宓：「……」變態的思維，果然和正常人是不一樣的！

「往後離阿暘遠些，這小子被本王磨練了這麼多年，倒是很能忍，只是本性難除，來日必定有番禍患。」景琮忽而斂了神色。

喬宓尷尬地笑了笑，揪著他的龍袍袖襬，「王爺，那你有沒有想過，這樣經年累月控制著他，更容易逼人造反。」就目前的情勢來看，表面上純情如小綿羊的景暘，內心必然恨透了景琮。喬宓的腦海開始閃現各種被欺壓剝削的人民憤怒起義的畫面。

正拿起筷箸夾了鮮嫩魚肉餵喬宓的景琮，認真地思考了一下，末了挑著薄唇道：「小宓兒此話有幾分道理，來，張嘴。」

喬宓梗著一口氣，嚥下了沾著醬汁的魚肉，看著滿臉無所謂的景琮，她忽然明白了一些事情。

這老變態控制景暘多年，連術法都不允許他修煉過多，大有將他養成廢物皇帝的意思，可是卻又從來不限制景暘聽政和著手國事，甚至很多時候還會親自教導景暘帝王之道。

這樣仔細一看，表面上似乎是壓制著景暘，可是換個角度想，何嘗不是真正在培養他？

見喬宓還在想事情，景琮便笑了，拿著絹帕擦了擦她嘴角的醬汁，冷聲道：「若他連反抗本王的勇氣和魄力都沒有，將來又如何能做萬獸之王？」

此言一出，喬宓瞬間就懂了。難怪景琮一直將景暘玩弄鼓掌之間，不給他親政的機會，似乎就是在等一個契機，而這個契機竟然就是在看景暘的忍耐力和帝王魄力?!喬宓忽而覺得，景暘遇上景琮這個叔父，果真是可憐至極。

「好了，記住本王的話，往後不許與他來往，否則小心妳的貓爪。」對上他忽而溫柔的笑意，喬宓只覺後背一涼，不停地點著腦袋，嘴裡咬著的魚肉都來不及嚥下。

第十五章

皇家秋獵的御用地在雲浮山，距離國都百里之遠，那處多是原始密林，生息的獸類沒有靈力卻又極度凶殘，景國這些獸化人的貴族們，閒時就喜歡去找些樂子，消消按捺已久的本能血性。

喬宓老早就上了景琮的奢華龍車，拉著流蘇柄開了雕花窗往後瞭望，浩浩蕩蕩的隊伍可謂是壯觀不已，不少人騎著五花八門的坐騎，看得她眼花繚亂。

「王爺，今年怎麼這麼多人？」她記得往年隨駕的只有這次的三分之二呢。

「既然打了勝仗，便要多些人慶祝。」景琮靠坐在地椅上，小酌杯中瓊漿，對魔族和夜國被擊退的勝局，頗為愉悅。

前車之鑑，喬宓更不喜聞到酒味了，晃了晃手中的鳳尾錦扇，放到一旁的繡花迎枕處，拿出早就備好的小書，又端起方才裴禎送來的食盒，甫一打開便是滿滿的桂花香，各式形狀的點心看得她眼睛發光。

吃的時候，她小心翼翼地打量了下景琮，生怕他有意見。

「吃妳的東西，看本王作啥？小心噎著。」

這下喬宓終於肆無忌憚了，脫下腳上新縫製的雪色羅襪，露出纖白蓮足，翹著腿躺在柔軟的迎枕上，一手持書一手捏著花糕。景琮只望了一眼，便不再管她了。

到達雲浮山時已是傍晚時分了，千來頂大帳早已搭好，晚霞燒紅了半邊天，涼風習習，篝火漸旺，景琮抱著熟睡的喬宓下了龍車。

輕如鴻羽的少女乖巧地窩在懷中，恬靜地閉著眼睛，似乎在做夢，嘖著小嘴無意識地用額頭蹭了蹭景琮的胸膛。

「既饞又能睡的懶貓。」景琮的王帳占地極廣，一應裝束皆是按宮廷風格，即使是在山中也講究奢華享受。他穿過翡翠屏風，將喬宓放在圓頂金紗帳幔的大床上。見她睡得依舊香甜，他忍不住伸手捏了捏她秀氣的鼻頭，直到那兩道柳眉難受皺起，才笑著鬆了手。

「報！王爺，烽燭將軍有密報傳來！」

待喬宓睡醒時夜色已濃，伸了懶腰洗漱一番，由宮娥伺候用了晚膳，才知道前線似乎有些事情，景琮招了人緊急議事去了。

山中的夜晚頗冷，喬宓出帳時，隨手披了一件白狐滾邊的薄氅。她拎著輕羅裙裾，才邁出半步就驚了一下，王帳四周堪稱是重兵把守。

瞧著圍了幾圈的鐵甲軍，她抿了抿唇，「怎麼忽然增加如此多的兵力？」不光是王帳，在整個營地巡邏的兵衛似乎也增加了。

腰掛流星大錘的黑面統領連忙回話：「是攝政王的吩咐。天色已晚，還請喬小姐不要出行太遠，前線來報，魔族有一批死士潛入了景國，目的是刺殺攝政王和陛下。」

喬宓扶額，看來魔族果然不死心，打了敗仗還想刺殺景琮？痴人說夢。

「我去那邊走走，若是王爺回來了，就讓人來找我。」說罷提著裙襬就跑了。

這地方她來第三次了，倒也不陌生，她有意往裴禎的駐地去，才行至一處火堆旁，就看到和好友交談的國相。她連忙欣喜地揮了揮手，忽而想起了什麼又放下手來。

幸而那邊的裴禎已經看見了她，夜幕深沉火光搖曳間，那道頎長的身形朝她走來。看著愈來愈近的溫潤美男，喬宓沒來由的心跳加速。

「小喬？妳怎麼到這裡來了？」裴禎甚是驚訝，方才離得遠，喬宓站的地方光線甚暗，他差點沒能看清是她。

喬宓聳著肩頭，撓了撓自己的短絨貓耳，清聲道：「我就隨便走走，晚膳吃得太飽了，白日又睡得太多，王帳裡也不好玩。」她到底在說什麼！

語無倫次的話讓裴禎無奈地搖頭，看著矮了自己一個頭的呆萌少女，一時沒忍住，便伸手揉了揉她的腦袋，不小心碰掉了她髮間的珠花。

輕巧精緻的宮廷珠花亮光一閃，就淹沒在雜草叢間，裴禎急忙提起袍角蹲下身去找。喬宓比他慢一拍，可是貓的視力極佳，一眼就看到了落在草根處的碩大珍珠。

「在這裡！」她緊跟著蹲下了身去，此時裴禎也看見了。獅族的視力不比貓差，奈何心有雜念，一時反應不過來。

喬宓的小手剛摸到珠花，裴禎的手就覆了上來，大掌直接握住少女纖柔的五指，泛涼的玉潤很快滲透下來。

「對、對不住！」一秒裴禎就退開了手，一貫清雅溫和的國相此刻臉色紅得詭異，猝然起身負手而立。

被握過的手背還有些微涼，喬宓咬著唇站起身，漂亮的黑瞳裡都溢著笑，歪著頭看向一本正經的裴禎，忽而一咧嘴，「國相大人，你的臉怎麼紅了？」

裴禎微驚，卻對上了少女的明眸。跳動的火光中，那雙翦水秋瞳般的眼烏黑澄澈，波光冷冷嬌俏，彷若容納了萬千星辰在其中醞釀綻放，美得讓他痴迷。那一刻，他只想伸手遮住她的眼睛，好不被迷惑。

「時辰不早了，小喬姑娘且回吧，攝政王……」一個攝政王，瞬間就打破了空氣中漸升的曖昧溫度，秋夜的涼風撫過，喬宓忽而覺得心都是冷的。

「那我回去了。」對喬宓而言，裴禎就像是高嶺之花般的男神，可望而不可及。她貪慕他的男顏，卻並非欲念，就如同很久以前，她喜歡景琮一樣，也只是單純看臉而已。不過最近，這樣的想法似乎被證實有點不單純了。

因為不論是景琮還是裴禎，每次見到他們，她或多或少都開始感到心跳加速，這顯然不是個好兆頭。

回到王帳時，景琮早已在等她了。注了術法的夜明珠光芒明亮，放置在幾處闕鼎上，偌大王帳熠熠生輝，正中央的金鼎燃了萬年香，清透的香煙嫋嫋散開。

「還知道回來？」這話聽起來怪裡怪氣，喬宓有些發虛地垂下頭，如同做錯事的孩子，下意識將手中的珠花藏到身後，輕挪著腳想往內帳躲去。

「過來。」景琮冷哼著扔了手中書卷。

喬宓只得走過去，腆著笑臉軟軟地喊一聲：「王爺。」

最瞭解她的景琮，又怎會不知這是刻意討好，大手一伸將她撈進懷中，扣著藏起的小手，將珠花拿了出來。對著光一看，上面還沾了兩根青草，景琮不由得想起方才回來時看到的那一幕。

「小宓兒似乎總愛將本王的話忘到腦後，是不是該讓妳長點記性了，嗯？」

危險的警報響起，喬宓瞬間瞪大眼睛，手腳並用著想從景琮的懷中逃開，卻被老變態打橫抱起，往翡翠屏風後的床榻走去。她多想告訴他，她和裴禎是清白的！可是，他完全不給她辯解的機會。

「啊啊！別、別插了…太深了，唔~好脹~」纖長的秀腿抵在景琮肩頭，瑩白的蓮足隨著他腰杆挺動，有節奏地在空中晃動著。柳腰被大掌扣住，隨著虎鞭深入，就是一陣急急顫慄。

含著那貫通花徑的粗壯肉柱，喬宓嬌泣不已，腿心深處被撞得一陣陣痠麻，硬生生頂得胃部難受。「嗚嗚，你又欺負我，出去、出去些吧。」精緻的小臉緊擰著，實在是受不了那狂插猛擊的節奏，跟身上的人耍起了性子。

穴裡跳縮得緊，肉壁的褶皺絞得分身舒爽，景琮適當地慢下了些，勾著薄唇淡笑，握著喬宓的柔軟玉乳，稍帶著勁撚搓撫摩，大大減輕了她的抗議，「唔~嗯，捏輕點。」

「想起本王跟妳說的話了嗎？」緩了幾分力道的抽動，卻讓粗巨的肉身更加細緻地磨蹭起甬道，深深頂入時，喬宓被刺激得頭頂發麻，腦中一片空白，哪還知道他在說什麼。只胡亂點著頭，努力放鬆著下身，吐氣如蘭地咬唇忍住呻吟。

她美眸暗掩，柳眉緊蹙，一看便是春意上湧，景琮只得無奈搖頭，捏了捏她渾圓的小屁股，在她微驚的喚聲中，將虎鞭從溼淋淋的穴裡拔出來。

「王、王爺！」喬宓愕然不已，兩條秀腿也被放了下來，下身被頂得奇癢難耐，剛有快慰肆意的念頭，就這麼從雲端落了下來。

「小貓也知道急了？轉過身去，把屁股翹起來。」胯下的東西還怒挺著，景琮當然沒打算就這麼放過喬宓，看著小妮子手軟腳軟地翻身爬起他就笑了，在她差點摔倒的時候，上前扶住她的腰。

從後面看去，那被撞了半個時辰的嬌花被蹂躪得紅腫不堪，依稀可見的緋縫之間，溢著斑斑透亮水跡，情欲淫靡的氣息早已瀰漫開來。大概是空虛不適得厲害，嫩白的臀翹高甩著貓尾扭個不停，景琮一時沒忍住，俯身咬了一口那軟綿的嬌臀，牙印初現，麻得喬宓哭顫了聲。

「你就是欺負我！嗚啊~居然咬我屁股！哼，你愛給不給，不要你的東西了！」說著，她還真不打算繼續了，垂著耳朵就往被褥裡鑽。景琮揪住她的尾巴，將人拉了出來，從後面將猙獰的巨根堵了進去。

「小騙子，吸得這麼緊，還騙本王說不要了？不要我的東西，妳還想要誰的？」嬌嫩的穴肉溼膩，陡然被粗壯的虎鞭往最敏感的深處一頂，喬宓瞬間溢出了嚶嚀呼聲，「嗯啊~好，好舒服~」

這一聲叫得春意盎然，隨著景琮加速抽插，斷斷續續的嬌吟聲，也被撞得愈來愈浪，兩人緊貼的下身處水液橫流，響聲不止。

「噓，小淫貓輕聲些，外面可聽得見呢。」他一邊說著，一邊用唇齒輕咬著她纖秀的肩胛骨，逗弄著她化成水的冰肌玉骨，察覺下身忽而痙攣絞動，景琮低喘著含住了她的後頸骨。

好半天，才傳來小貓情欲湧動、嬌軟無措的聲音，「真的會被聽見嗎？」

「當然。」她愈是緊張就愈發絞得緊，爽得景琮箍著她的柳腰猛然操弄了幾番，嬌羞敏感的花蕊被搗得蜜水飛濺，吸含著偌大肉柱，美妙快感幾乎滲入了骨髓。

好在喬宓背對著景琮，不曾看見他唇側昳麗的笑。她哪裡知道，這王帳早已布下了結界，莫說是聲音了，即便是一隻蚊子恐怕都飛不進來。

深入、搗弄、猛擊，每一下都正中喬宓的軟處，被景琮掐著腰撞到高潮時，為了不發出聲音，她掙扎著咬住手指，香喘灼熱地仰著頭泄了身，眼淚都逼出來了。

溼濡透亮的玉門緊箍著青紫粗壯的虎鞭絞摩，大股大股的熱燙淫液湧下，深陷肉欲狂瀾中的景琮，一時沒忍住被她吸射了，「唔～妳這小淫貓是愈發厲害了。」

第十六章

翌日一早的圍獵，喬宓去得格外遲，隨著宮娥上了觀臺，現場早已沒有景琮的身影，倒是不時從密林中飛出侍從，送回攝政王的獵物。

「喬喬，妳來了。」觀臺上留下的人還挺多，景暘走下龍椅過來。新製的玄龍勁裝顯得少年英姿烈烈，額間綁了龍形的白玉束帶，比起往日的龍袍冠冕，少了一分天子威儀，多了一分凜然氣概。

喬宓點了點頭，方才還慵懶無神的目光在觸及他身後之人時，忽而一亮，「國相大人怎麼還在這裡？」

裴禎似乎嗜白，象牙色的狩獵裝用銀線繡的祥紋滾邊，卻不會過於華貴，反而襯得氣質優雅，長身玉立靜站在少帝身後，如一輪夜月般惹人注目。

「陛下說要等小喬姑娘。」裴禎對血腥的狩獵遊戲沒什麼興趣，自動請纓留下保護少帝。本以為年少玩心重的小皇帝會策馬入林，卻沒想到他要等喬宓來了才走，倒也是個意外收穫。

「喬喬，妳隨寡人……和裴相去狩獵吧。」景暘有心借這次狩獵修復與喬宓的友誼，卻見她刻意對自己冷漠，不得不將裴禎的名號加了進來。果不其然，喬宓沒了拒絕的理由。

「好吧，不過我什麼都不會，到時候你們可別嫌棄我拖後腿。」她抿著嘴，酒窩微旋，在看見景暘手背上還未褪去的爪印時，咬著唇有些歉然地說道：「陛下，我那天不是故意的。」

說來也是奇怪，萬獸大陸上凡有修習術法的人，輕而易舉就能除去疤痕，景暘身為帝王，就算修為不高，也不至於連幾道淺淺的抓痕也去不掉吧？

似乎看出了喬宓的疑惑，景暘戴著寶石戒指的手微晃，青澀的薄唇邊扯著一抹純真的笑，「那日是我不對在先，以後不會再那樣了，喬喬妳別不理寡人，好嗎？」

喬宓本就是心眼大不記仇的呆萌貓，特別是景琮提醒她不要接近景暘，不論出自哪種本意她都不想和他賭氣，便粲然一笑點頭，站到了王家姑娘身旁去。昨晚景琮那番言傳身教太厲害了，她今天實在沒膽量往裴禎身邊靠。

「王姑娘今日可真漂亮。」出自火狐族的少女偏愛紅裙，雲髻高挽，豔麗若朝陽，身姿高挑形態冶麗，嬌小的喬宓和她站在一起，隱約知道了什麼叫來自美人的壓力。

「喬姑娘謬贊了，玉如蒲柳之姿，不比您。」美人就是美人，連說話的聲音都是那般動人，喬宓還想說什麼，景暘卻迫不及待地走了過來，帶著她往觀臺下去了。

「喬喬快走吧，聽聞皇叔方才獵到了燭金牛，我們也去找找。」景暘不喜歡那些千奇百怪的坐騎，只讓禁軍送了駿馬過來，挑了一匹溫順的給喬宓。他看著她爬上去坐穩，才緊跟著上了一匹白馬，而喬宓的目光卻一直追隨著一言不發的裴禎。

一直以來，她都以為裴禎是文臣雅相，沒想到他翻身上馬的姿勢更是翩然瀟灑惹人心動，淡然含笑地隨駕在一側，風輕雲淡得雅致得宜。

似乎察覺到喬宓的目光，裴禎看了過來，溫潤的眉宇間都是淺淺的情愫，喬宓沒來由的心跳加速，忙轉過臉，「走、走吧。」

往年喬宓隨景琮來，因為是本體的緣故，沒被帶入過雲浮山林，今天還是第一次進入傳說中猛獸雲集的雲浮之地，一路上靜聽著景暘的各種解說，不免興起地與他學著狩獵。不過學歸學，她謹記著景琮的話，不敢與景暘太近接觸，生怕景琮突然從哪裡竄出來，到時候她就不清白了。

才進了雲浮西麓沒多久，就聽見後方傳來快馬聲，正在興頭上的景暘皺著龍眉，看著來報的禁軍冷聲道：「發生了何事？」

那人翻身下馬，急促地跪地奏報，「啟稟陛下，魔族人潛入了雲浮山，方才攝政王在東麓遇刺！」

喬宓大驚，忙問道：「王爺如何了？」

「王爺中了攝魂陣，還在與魔族人纏鬥。刺客人數眾多，恐會朝這邊而來，請陛下與國相立刻回王帳！」

話音將落，察覺空氣中的異動，裴禎面色一變，沉聲道：「來不及了，他們過來了。」

茂林密葉一瞬簌簌，數十道黑影如魑魅般閃過，流動的空氣都夾雜著詭異危險的氣息，喬宓還來不及看清，身下的駿馬便嘶鳴著揚起前蹄失控了。

「啊！」她驚叫著從馬上摔下去，還未落地，便被裴禎躍身而下攬入懷中。

他的速度之快，一眨眼的功夫就抱著喬宓站定在地上，「沒事吧？」

喬宓心有餘悸地拍了拍胸口，腿還有些發軟，看著裴禎關切的眼神，連忙搖了搖頭，「沒事，謝謝。」

方才那幕太過驚險，這會只見失控的馬朝前方狂奔，才跑了十來公尺的距離，一道不知來自何處的紅光擊出。前一刻還嘶鳴奔跑的駿馬，後一刻就被切碎成了肉塊，腥臭的鮮血恐怖飛濺。

喬宓倒抽一口冷氣，捂住了嘴，只覺得魔族人果然凶殘，不禁擔憂地看向裴禎。

「陛下快過來，所有禁軍聽令，立刻成陣！」裴禎高聲指示，景暘下了馬疾步靠過來，百來名禁軍得令迅速成陣，團團將幾人護住。林中魅影嗖嗖飛閃，時而傳來刺耳的怪笑，似乎正在尋找可乘之機。

裴禎鬆開攬在喬宓腰間的大掌，轉而握住她的右手，從腰間抽出一把墨玉骨扇，悄聲對身邊的少女說著：「別怕。」

喬宓長睫微顫，看看緊握住自己的男人，忽而覺得那泛涼的指腹，正源源送來安全感。他頎長溫雅的高大身形，恍若能為她抵擋一切危險。

「陛下勿驚，魔族中人擅長詭術，穩住心神不要被其迷惑。」他的聲音沉穩如鐘，自帶一股清冷淡然，有著安撫心靈的作用。景暘點頭同意，手中緊握著帝王的日月佩劍，身形微動，護在了喬宓的左邊，英武的眸打量著騷動的密林，微抿著薄唇。

忽而，一道黑霧湧來，速度之快有如飛箭，不及避開的十來個禁軍瞬間被吞噬，慘叫聲不斷。待黑霧散去時，只見那些士兵已化為原形，更如同被浸了化屍水般，連血肉都不成形了。

第一次看見這樣慘狀的喬宓，嚇得用一隻手捂住眼睛，緊張地又挨近裴禎幾分。

「究竟是何人，有膽就現出真身來，寡人才不怕你們！」景暘突然怒聲吼道。

「呵呵，你就是景琮養的小皇帝？找的便是你。」那是一個極其刺耳的聲音，似哭又似笑，尾音不斷迴旋在空中。喬宓試探地從指縫中看去，便見不遠處的山坡上站著一個黑袍人，身形十分乾瘦，周身氤氳著一股黑霧。

陰風掃得樹枝狂落，撩動起黑袍一角時，喬宓才看清那人踩在地上的不是人腿，而是兩條精瘦發黑的鹿腳。

「是魔族的鹿黠。」裴禎的話音將落，那戴著兜帽的黑衣人就嗤嗤笑了，身邊閃現出十來個奇形怪狀的人，全都穿著黑袍，「倒不曾料想到還有人能認出我來，少年郎，你是誰？」

「國相裴禎。」不帶一絲慌亂的悅耳男聲，打斷了那黑衣人的刺耳狂笑。側身而站的他忽然朝裴禎看過來，一張枯樹般猙獰的面孔上，有一雙猩紅滲血的眼睛。

「原來如此，本想殺了小皇帝，既然你在就一併收拾了，我可是找你們裴家人許久了。」殺意一觸即發，那些人如遊絲般飛閃而來，旋身過處皆是慘叫不斷，鮮血噴湧。看來每個都是術法高手，宮廷禁軍根本不是對手。

眼見那道駭人的黑霧再次襲來，湧到僅僅半尺遠時，喬宓便看見裴禎「唰」地展開墨玉骨扇，捏著扇柄淡然地朝著那團黑霧一揮。彷若暗藏死亡的黑霧，竟然瞬間消散。

「好小子，跟你爹一樣厲害，今日我便親手殺了你，以報血海深仇！」

裴禎也不畏懼，將喬宓和景暘護在身後，冷沉的儒雅面容穩如泰山，涼風撩動雪白袍角，挺立的身形如山河般巍峨。手中骨扇又揮了兩下，襲來的幾道黑影直接被術法打得挫骨揚灰，消散在空氣中。

目睹整個過程的喬宓嚇呆了，她還是第一次知道溫柔的國相大人，竟然也會使這般凶殘的術法。

鹿黯被觸怒了，幾個閃身就衝過來了，手中拿著一把金柄權杖朝空中一揮，便騰空出現一條吐著火舌的螣蛇，無影火翅一閃，就是一股烈火衝面襲湧。

「郢古天聖，寒冰麟現！」裴禎口訣將落，揮扇而去，凌空就飛出一隻玄冰麒麟，直接朝烈火而去，抵擋火舌、與螣蛇纏鬥。一火一冰相纏，玄冰麒麟不僅未化，甚至張開巨口就將噴火的螣蛇吞下，然後嘶鳴一聲回到扇中。

「好好好，比起你爹更上一籌，我還差點看走了眼。」

知道此人殺心已定，裴禎不再給他出手的機會，墨玉骨扇揮三下，便是道無形的閃電朝鹿黯當頭擊去。在對方催動術法抵擋時，裴禎拉過喬宓又帶上少帝往後撤退。

「你們護送陛下和喬姑娘先走！」剩下的禁軍已經不多，要護住景暘和喬宓，裴禎也沒有十足把握。那鹿黯他早有耳聞，在前一輩的時代就與他父親交惡，論年月修為自己根本不及他。

「小喬妳隨陛下先走，別怕，不會有事的，等會我就過去找妳。」現下裴禎也顧不得君臣之禮了，拉著喬宓的手塞到景暘手中，看著目光切切的少女，他忍不住多說了些話。

喬宓欲言又止，卻在裴禎撫上她髮間時，重重地點了頭，「你自己注意安全！」現在可不是演言情小說那套「你不走我就不走」劇情的時候，他們這些人只會拖累裴禎，還不如先離開，讓他心無旁騖對付那些怪物。

裴禎應了下來，揮手間又擊退幾人，衝開一條道路讓他們撤離。

「國相且保重！」景暘也不遲疑，拉著喬宓就帶著王姑娘和剩餘不多的禁軍快速離去。

生死攸關當頭，誰也不敢多言，急速穿梭在東麓密林間，忽而一道媚笑劃破死寂的長空。

「哈哈，鹿黯也不過如此，這麼長的時間不僅沒殺了小皇帝，竟然還讓你們跑了出來，可惜……遇到了我。」

「糟糕！」

第十七章

眾人循聲望去，只見一棵巨大的紅花楹樹下，站著一道極為豔冶的身影。那女人紅紗遮面，只露出一雙媚人心魄的桃花眸，穿著異常暴露，纖長瑩白的雙手戴著一副赤金鈴。

「姐姐不要再廢話了，快點動手吧。夜太子那邊已經失利，殺不了景琮，殺了這小皇帝也不算白跑這趟。」話音將落，從樹後又出現另一個女人。兩人站在一起從頭到腳都形同一人，喬苾卻發現後出現的女子，手背上的是銀鈴。

「是魔族金銀鈴！」禁軍侍衛長率先認出了那兩個妖豔女人，指著對方高聲道：「大家小心，一旦鈴聲響了起務必凝神屏息，莫中了攝魂法！」

去歲時，喬苾曾聽宮娥們說過，魔族有一對孿生姐妹花，兩人模樣一絕，心地卻一樣壞。姐妹手上一金一銀的鈴鐺，只要響起就沒人能逃過攝魂法。凡被攝魂，就會死在各式各樣的陣法中。

「喬喬別怕，我會保護妳的！」眼見金鈴開始揮動玉手，喬苾忙抽出被景暘握住的手，卻被景暘一把抓住。他以為她是害怕，便將她往懷中一護，舉手投足無不英武。

詭異的鈴聲已經響起了，喬宓還來不及掙脫，鈴聲就入侵耳中，氣得她只想大罵。怕個鬼！她只是想捂住耳朵！

當時她聽說金銀鈴的事情後，頗為好奇，後來化身為人還好奇地問過景琮，方知鈴聲響起時以術法封住耳朵，尚能緩解。景暘這一耽誤，直接讓喬宓中了攝魂法，更要命的是她有四隻耳朵，聽力本就靈敏於常人，攝魂當即入心。

喬宓緊張地閉著眼睛，第一次親身體驗陣法，還有些小興奮呢。

「咦，人呢？陛下！王姑娘！阿暘！」依舊是那片山林，依舊是那條山路，可是方才還和她在一起的人都消失不見了。茂林之中一片詭異的死寂，一陣冷風吹過，喬宓都起雞皮疙瘩了。

「完蛋，我這到底是中了攝魂法還是沒中呢？」明明之前聽宮娥們說，攝魂陣法內猶如刀山火海般恐怖啊。喬宓撓了撓髮間垂下的貓耳，小心翼翼地打量四周，正常到不能再正常了，可是就是這樣的正常讓她覺得很不正常。

喬宓也不是個膽大的人，生怕亂走碰到什麼陣法，當下決定就地等待。她往那紅花楹樹下一坐就是好幾個時辰，不知不覺還睡著了。

「喬喬，快醒醒！喬喬？」被接連推晃了好幾下，喬宓這才慢吞吞醒來。天色已經很暗了，她借著月光美眸惺忪地看著眼前的人，不禁驚愕出聲，「國相大人！你終於來了！嗚嗚，嚇死我了。」

裴禎溫雅的面上多了一抹笑，將喬宓攬入懷中，輕撫著她纖弱的後背，安慰道：「別怕，不會有事了，快跟我走吧。」

「嗯！」喬宓這會又餓又冷，幸好裴禎來了，心裡壓著的巨石才落了下去。她平常被景琮保護得太好，今日接二連三的驚嚇實在是有些吃不消，半倚在男人懷中，才知道安全感是多麼重要。「那些魔族的人呢？你沒受傷吧？」

將她從地上扶起來，裴禎這才輕緩地說道：「我沒事，他們都撤了。現在天色已晚，我們快點回去，跟著我走。」

幸好喬宓夜視清晰，能看清腳下崎嶇的山路，跟著裴禎邊走邊說：「也不知道陛下他們去哪裡了，那個妖女搖了鈴鐺，我睜開眼睛他們就都不見了。唔，你的手怎麼這麼涼？」

方才盡顧著激動，這會才驚覺，裴禎的手掌冰涼如寒霜，全然不似往日的溫暖。走在前面牽著她的裴禎並未回頭，只有清朗沉寂的聲音傳來，「可能是夜裡太冷了。別怕，順著這條路，妳很快就能見到他們了。」

「什麼叫我很快能見到他們？這不是還有你嗎？對了，你怎麼現在才找到我？」她在那棵樹下至少睡了將近三個時辰，也就是六個小時。如果裴禎在擊退那些魔族後，順著那條路的蹤跡追來，不會超過半個小時，為什麼到天黑他才出現？

「怎麼不走了？」喬宓突然停下腳步，裴禎不解地回身看來，發現她遲疑的眼色時，忙笑道：「我找了很久才發現妳在那裡睡覺，快走吧，就要到了。」

到？明明還在山中，距離王帳甚遠，什麼叫快到了？喬宓緊張地吞了吞口水，看著握住自己的冰涼大掌，望著前面高大頎長的身形，她的腳步悄悄地慢下來，幽幽地說了句。

「裴哥哥，我有些累了，歇一歇再走吧？」這一次，她是真的站住不走了。

裴禎只得停下腳步，溫柔的唇側忽而多了一抹急迫，拉住喬宓的手臂說道：「喬喬，別胡鬧了，快走吧！」

喬宓掌下術法暗湧，努力記起往日景琮教她的幾個招數，抬掌朝男人身上揮去，卻被他閃身躲開。兩人拉開距離的瞬間，喬宓冷了臉。

「你是誰！」裴禎從來只會喊她喬姑娘或者小喬，只有景暘才會喊她喬喬。

只見「裴禎」忽而大笑起來，揉了揉差些被喬宓擊中的地方，清冷的聲音瞬間張狂刺耳，「妳這死丫頭，被困在攝魂陣裡還有心情睡覺，弄得老娘要親自來收拾妳。不過不要緊，看看妳腳下。」

臉皮已撕破，就沒了偽裝的必要。方才還漆黑一片的山林，轉而恢復了白日，喬宓大驚往腳下一看，哪還有山林小道，她的一隻腳已經踩在懸崖外了，她急忙想往後退，卻被身後襲來的手一推，落下去時，她回過了頭。

「是妳！」

哪還有什麼裴禎，站在懸崖上的女子紅紗遮面，手間的金鈴鐺響個不停。完蛋，她真的在陣法中，這一摔下去，恐怕是再也見不到景琮了，也不知道冰山老變態會不會傷心？最重要的是，她那一池子的鱈魚還沒吃完呢！

急速下墜間，山風簌簌灌入耳中，隱約間她似乎聽見了一聲呼喊，「小喬！」

喬宓以為再睜開眼睛時，說不定就能回到現代了，眨眨眼睛，望著繁星如洗的夜空，她莫名地失望，墜崖不死果然是女主角定律。

「小喬，妳醒了？」耳旁傳來男人溫潤低沉的聲音，喬宓微微蹙眉，看到出現在眼前的那張面若冠玉的俊顏，猛然坐起來往後躲。

「你、你別過來！還玩這套！」又是黑夜，又是裴禎，她都掉下懸崖了，竟然還在攝魂陣中！

裴禎微愕，伸手想要安撫喬宓，卻被她揮著手躲開了。看著她警惕的眼神，他不禁有些低落，清朗的月眸中浮起一抹焦急，「妳怎麼了？金鈴對妳做了什麼？」

喬宓冷靜了些，就著旁邊火光閃動的篝火，再次認認真真地打量了一番。眼前的男人依舊是白天的雪色狩獵裝，只是袍角處隱約有撕破的痕跡，舉手投足間的溫雅清逸是騙不了人的。

「國、國相？真的是你嗎？這是哪裡？」裴禎不知道她在攝魂陣中遇到了什麼，但能肯定和自己相關，棱角分明的面龐上多了幾分清冽，伸手和往日一樣揉了揉喬宓的髮間，「趕來的時候，看見金鈴將妳推下了懸崖，我打傷了她，急著救妳就跟著跳了下來。別怕，等明日天亮我們再找路回去。」

聽到他跟著自己跳崖，喬宓沒忍住，鼻頭一酸，美眸中就氤氳了水霧。在裴禎無措時，她撲進他懷中低泣道：「嗚嗚，我以為自己會死，那個妖女的攝魂陣好可怕，她裝成你的樣子，引誘我往懸崖走。等我回去一定要好好學術法，再也不偷懶了！不對，是景琮那個老變態不讓我好好學，嗚～」

裴禎微愣，看著懷中哭得像孩子般的少女，只覺心中最軟的地方都被她滿滿占據了。他輕拍她顫抖的肩頭，這一刻終於明白自己為何想也沒想就跳下了懸崖，「沒事了，別怕。」

藕白的小手抓著裴禎的銀紋前襟，喬宓揚起哭花的小臉，望著那雙溫潤的月目，打著嗝說：「本來、本來我很怕，不過，現在有、有你在這裡，不怕了。」

朦朧火光中的少女，活脫脫一副小花貓般可憐兮兮的樣子，惹得裴禎心頭發軟，嘆了口氣，「早知這般，當時就該……」就該讓她跟在他左右，即便是以命相護，他也不會讓她受傷的。

可惜，他不能說出這樣的話來。他忘不了景琮那日說過的話，喬宓是未來的攝政王妃，這就是他們兩人之間最大的溝壑，「餓了吧？我去找些吃的吧。」

喬宓被驟然推開，錯愕地看著站起身的裴禎。男人似乎想要躲避什麼，離去的背影頗有幾分落荒而去的模樣，她在後面喊了好幾聲都沒能叫住他。

「走這麼快做什麼？」喬宓摸了摸咕嚕咕嚕叫個不停的小肚子，確實已經餓到不行了。她借著火光打量四周，依舊是一片密林深處，不時還傳來幾聲野獸的嘶嚎，趕忙添了些樹枝到火堆裡。

等了許久也不見裴禎回來，喬宓只能起身往他離開的方向瞭望。山林深處黑漆漆得嚇人，少女豎著貓耳準備回到火堆旁，卻發現不遠處的藤蔓上結了不少墨色的野葡萄。

「哇，葡萄！」小跑步過去，就著最近的枝頭摘了一串，接二連三往嘴裡扔，酸甜可口得很。約莫一會就吃了個半飽，她舔了舔指尖的葡萄汁，正巧看見葉片間有一串葡萄碩大水亮，便踮著腳去勾。

快要碰到時，卻摸到了一個軟軟冰冰的東西，她遲疑地捏了捏，忽而指間一疼，好似被什麼咬了一口，讓她驚呼著抽回了手。果不其然，食指上留了兩個小血洞。

再往藤蔓上看去，一條墨色的長蛇正在遊走，絲絲地吐出蛇信，轉瞬便消失不見了。

靜默幾秒後，喬宓的尖叫聲劃破死寂的夜空，「啊！蛇！！」

第十八章

裴禎聞聲趕回時，只看見喬宓倒在地上，驚得連手中的東西都扔了。他跑過去抱起少女，沒有發現自己的雙手竟然在抖，「小喬！小喬妳怎麼了！」

喬宓舉起被蛇咬到的手指，絕望地哭著，「我被蛇咬了，恐怕要不行了……嗚嗚！」

裴禎目光一緊，抓住她的手湊近看了看，被咬的地方滲著鮮紅血珠，卻沒有毒素蔓延，反倒是喬宓的手燙得異常。

「唔，這毒好奇怪，感覺好熱呀，我是不是要死了？」所有倒楣的事情都湊在了今天，入攝魂陣沒死，被推下懸崖沒死，反而被蛇咬一口，死了！

喬宓愈想愈是委屈，這一委屈就難受，不止身體發熱，小腹處隱約透著一股燥熱，最可怕的是，雙腿間的私密處竟然有些瘙癢。即便是第一次中蛇毒，喬宓也知道不該是這種效果。

眼看裴禎要替她吸毒，連忙推開了他，用力夾緊腿，漲紅著小臉暈暈地說：「別、別吸，唔~吸不得！」這哪是要命的蛇毒，分明是春藥的反應啊！

裴禎當然看出了異樣，他以術法疏通喬宓的血脈，企圖壓制那古怪的蛇毒，可是反倒催得她一身香汗淋漓，一邊喊著熱，一邊扯著自己的衣裙，「小喬，妳冷靜些！」

喬宓現在難受得很，只覺得欲望在翻騰，腿心處都溼了，無意識地在草地上磨蹭。蜜桃般的丹唇間不斷溢出嬌媚的哼聲，美眸惺忪迷離，將滾燙桃緋的臉頰貼在了裴禎微涼的掌間，一個勁地蹭，「好熱，好難受……我要~唔~快給我~」

愈是往裴禎的懷裡鑽，那淡淡的蘭草香息就讓她愈是情起，纖白的小手胡亂在裴禎身上揉摸，一隻竟然往他腹下摸去，幸虧裴禎迅速反應過來，捉住了她，「妳在做什麼，快醒醒！」

一貫光風霽月的裴禎，這會也有些亂了。他想推開喬宓，可是少女已經如水般癱軟在他懷中，四溢的女兒香嫵媚地誘惑著他，就算是他定力再強，也抵擋不住喬宓湊上來的香吻。

喬宓的吻毫無章法，香軟的唇含著裴禎的薄唇亂舔，粉嫩的舌尖刮蹭在他的齒間，貪婪地討要著男性的強勢氣息，嚶嚀的曖昧低吟聲淫靡。

裴禎喉頭微動，心間如同被貓爪千抓百撓，讓他不得安寧。即便如此，溫雅的月目卻轉瞬清朗，堅決地推開懷中的少女。

「我們不可以！妳忍忍，我幫妳把毒壓下去……」裴禎在最後一刻清醒過來，握緊雙拳，看著在地上情欲紛起的喬宓，那聲聲嬌囀的呻吟，媚得他心骨都快醉了。他還是第一次知道，一個女人的聲音能這般讓他著魔。

「你過來、過來嘛，我好難受～啊～」喬宓現在哪還能等他用術法壓毒，那詭異的蛇毒幾乎侵蝕了全身經絡，血液裡流竄著叫囂的欲望。素手瘋狂地扯開裙帶，她只想脫掉身上的衣物，想要被人擁抱，想要被填滿。

月光下，少女半裸的嬌軀瑩白，胡亂褪散在腰間的衣裙凌亂，渾圓的椒乳被小手胡亂揉捏，和著聲聲嬌婉呻吟。裴禎幾乎是強迫自己轉身，可是即使閉上眼睛，腦海裡也全是方才驚鴻一瞥中，少女身姿的嫵媚優美。

「你快點啊～幫幫我～嗚！」那蛇毒也是厲害，喬宓已經意識不清，迷濛痴離的眼中只有裴禎的身影。他久久站立不動，她只能再度撲上去，從身後抱住他。

初秋的獵裝並不厚，少女溫香軟玉的嬌軀緊貼在背上，讓裴禎脊骨微僵。他轉身抓住喬宓的手，看也不看她此時的媚態，手下的術法再度波動，抬手往喬宓心脈震去，想要為她壓下淫毒。

不料卻被喬宓半道攔截，滾燙的小手拽著他的大掌貼上玉乳，帶他僵硬地揉壓著，「妳！鬆手！」

喬宓被他禁欲的態度急得都哭了，抬起雙腿往他身上纏，叫囂的欲望已經摧毀了她所有的忍耐，現在唯一的渴望就是眼前這個男人，「我要～我要～你快給我吧！」

裴禎身姿頗高，喬宓鑽入他懷中甚是嬌小，如菟絲花般纏在他身上，扭動著柳腰，嬌媚地苦苦哀求著。

「妳清醒點、我們不可以，妳是未來的攝政王妃。小喬妳再忍忍，我很快就能壓下這毒……」散著暗香的藕白雙臂柔柔攀上他的脖頸，少女炙熱的香吻迷亂地遊走在他脖頸間，裴禎幾次鎮靜壓下衝動，這次也不從心脈下手了，直接運法覆上她的後背。

「我不是王妃，不管，我就要你！我喜歡你！快點愛我，求求你了，嗚嗚～我想要你，只要你～」喜歡你！只要你！

這樣的字眼硬生生壓在裴禎心頭，那一刻似乎有種異樣的情愫爆發了。覆在喬宓後背的大掌緩緩緊貼上去，氤氳的術法一瞬消散，只餘下男性的掌力，猛地按住了懷中如水蕩漾的少女。

「唔！」含住那小小的檀口，他狂亂地吻了起來，粗糲的舌掃蕩著她口中的每個角落，大力地吸吮攪弄刮磨。察覺到喬宓的退縮，男人用手扣住她的後腦，更加深入地狠吻。

「不～唔！不要～」喬宓被他這恨不得生吞活剝的吻嚇到了，本能地想推開，可是現在裴禎再也不給她機會了，抱著她大步走向篝火。

裴禎終於鬆開那張香甜的小嘴，舔著被他咬得紅腫的櫻唇瓣，喘息著說道：「不管以後如何，記住今晚，我要妳牢牢記住。」

今晚，她不是王妃，他也不是什麼國相。他只知道，他也喜歡她，他也只想要她！僅此而已。

喬宓被拋到柔軟的青草上，身下墊著凌亂的衣裙，攢動叫囂的欲望在這一刻似乎散了些。她整個人都在裴禎高大身形的陰翳籠罩下，驚愕地看著他，往日的優雅溫潤在這一刻變得有些可怕。「國、國相！」

她嬌顫的聲音低婉，被她誘惑良久的裴禎再也忍不住了，充滿雄性侵略意味地狠狠壓

住她，張口含住一隻早已覬覦多時的貓耳，在齒間輕咬，「叫我子晉。」

喬宓被他舔得又欲起了，水霧迷離的美眸微瞇，張開雙腿纏住裴禎的腰身，就親暱地喚著：「子晉～子晉哥哥～」

在此之前，裴禎從未嘗過情欲的滋味，他以為自己會無從下手，可是當壓在心愛的少女身上時，一切都水到渠成。他解開她剩下的所有衣物，將那具完美的女兒身姿暴露在皎潔的月光下。

清心寡欲多年的他，第一次這麼貪婪去嗅聞一個女人，品嘗著她的馨香。腹間的燥熱生硬，他甚至懷疑自己也中了蛇毒。他沒有時間去脫自己的衣服，念了個口訣就將清秀精壯的身軀展露在喬宓的上方。

「小喬，看著我，我是誰？」兩相交織的欲火幾乎焚燒一切，當怒昂的巨根抵上喬宓的花心時，裴禎低喘著想要得到一個答案。

「子晉哥哥～給我，快點啊～」那一刻，裴禎沒有半分遲疑，挺進了少女的體內。巨碩的硬器分開了粉嫩的嬌穴，一入到底，鋪天蓋地的溫熱緊致吸得他後背僵直。

「唔！太緊～」這生猛的長驅直入，讓渴望已久的花穴得到填充，喬宓終於舒爽地呻吟起來，纖白的十指扣在裴禎的肩頭上，極盡全力地放鬆著吃下他。

裴禎開始本能地抽插頂弄，粗大的肉柱在溼濡的蜜穴中開疆破土，喬宓被頂得亂顫，閉著眼睛嬌吟：「好大，好舒服～」

那和景琮不相上下的巨碩，極大程度滿足了她的渴望，緊縮的花肉甚至能含出屬於他的每一處細節。頂在花心上的碩大生硬，很快撞碎了喬宓腦中的情色描繪。

「小喬、小喬，我在妳的裡面，妳要記住……」獸族在性事方面天生是粗暴的，起初裴禎有些狂亂地頂撞，稍稍掌握竅門後，他才找回了一點溫柔，接著又抬高喬宓的秀腿，大幅度的插入抽出讓她歡愉到極致。

「啊啊～好痠好難受，你頂快點～不、不行，慢點慢點～嗚！」只能說裴禎是腹黑，那時快時慢的頂弄，強勢地掌握了她的一切，讓她隨著他而欲仙欲死。

胯間拍擊的水聲清響，在寂靜的深夜裡勾勒出一幕又一幕淫蕩靡亂的畫面。

「小喬吸得真緊，景琮也是這樣弄妳的嗎？沒事，我會比他好，舒服嗎？舒服就叫出來！」

欲望的扁舟在無盡的情海中顛簸，沉浸在激烈歡愛中的喬宓，何止是舒服，被裴禎高頻率的撞擊，晃得連喉間的嬌吟都散得發不出來了。

「啊～嗯嗯～」素手攀在男人的頸間，勉強穩住那可怕的操弄，迷離的美眸眼角，被疼愛的淚珠打著滾往下落。

皎潔的月光明亮，赤誠精裸的兩人進行著最原始的交媾，沒有過多的姿勢和情趣，只有炙熱的肉體在相纏碰撞著。裴禎撐在喬忞上方，一邊頂著胯部，一邊專注地看著她。被他幹哭的少女，玉靨桃頰上麗色的嬌暈十分誘人。

「小喬、小喬、小喬……」他不停呼喚著她的名字，額間鬢角凌亂地滲著熱汗，眸中溫柔異常，只鎖定著身下的人，恨不得將所有的愛都交付給她。

炙硬的巨根反覆抽插磨蹭撞擊，直將嬌小的花徑插得淫滑溼濡，陣陣緊縮，大概是蛇毒淫亂的緣故，喬忞很快就被頂到了高潮。

巨大的歡愉中，她極力纏著裴禎的腰身，吸附著粗大的性器，不顧一切地嬌喘淫呼著，體內深處翻湧的快感很快就將她湮滅了。

「啊啊！」緊縮的內壁不住痙攣，兜頭處的股股溼膩，箍得裴禎一時舒爽到極致，也顧不得正在高潮的喬忞，就掐著那顫慄不斷的柳腰狂亂猛頂。喬忞受不住地陰關大開，裴禎忍不住低吼一聲，在少女的尖叫哭喊中，將忍耐多時的濃精悉數灌進她的腹中。

「國、國相……」吸收著一波又一波的大量精水，喬宓終於從淫毒中恢復了幾分清醒。彼時渾身痠軟無力，縮在裴禎身下，溼濘的穴裡還堵著男神的巨根，空白的大腦漸漸回復意識。

射完精後，裴禎並未退出，覆在喬宓的嬌軀上，寵溺地揉了揉她凌亂的髮。少許紊亂的鼻息中，全是屬於她的馨香，他低頭用溫熱的唇啄了啄她緋紅的桃頰，「叫我子晉，這是我的字。」

喬宓此刻羞得不行，一想起自己方才的淫蕩，就咬緊了唇，水霧泠泠的眸怯怯地看著裴禎。他溫潤如玉的面上還殘留著情欲的味道，怎麼看也沒有對自己的鄙夷，這才鬆了口氣。

「子、子晉哥哥～」她這嬌滴滴地一聲哥哥，喚得裴禎胯下又是一緊，低笑著吻了吻喬宓的櫻唇，敲開被緊咬的貝齒，帶著一分生澀，愛憐地舔舐攪弄。

和景琮強勢的吻不一樣，裴禎的吻溫柔到了極致，如同初春紛飛的柳絮輕緩，細膩甜甜癢到了喬宓心頭，情不自禁和他纏綿。

花穴中的巨根陡然勃脹了幾分，深深抵在最敏感的嫩心上，撐得喬宓忍不住嚶嚀。在那深吻分開時，粗大的巨物有了退出的勢頭，她下意識環住了裴禎的脖頸。

「還、還要……」她羞怯地避開裴禎清朗如月的眸光，將小臉埋在他精壯的胸前，隱約聽到他強而有力震動的心跳，微脹的小肚子一股痠癢泛開。

裴禎就著深插的姿勢將她抱了起來，沉聲笑著摸了摸她的小腹，深埋在宮頸處的巨根，在瑩白的腹間被箍出了幾分形狀來。

「方才射進去的東西有點多，先泄出來吧，會脹得不舒服。」他溫聲說著，微熱的大掌緊貼在喬宓的腰上，輕揉著緩解她的痠澀不適，然後慢慢將硬器從花穴裡退了出來。

「唔～」溼濡的滾燙隨之外湧，刺激得喬宓發軟嚶嚀，額頭抵在裴禎的胸上，低眸驚愕又羞恥地看著不斷從腿心處拔出的大東西。

方才還深陷在自己體內的巨根，這會終於露出了真正的模樣來，形狀駭人粗大，和裴禎溫潤儒雅的外表簡直不搭配，難怪猛頂那一會，硬生生插得她泣不成聲。

「好大……」她這沒來由的一聲輕吟，讓裴禎無奈地輕咳了幾聲，加速抽離淫濡的蜜穴。碩大的頭端甫一離開花口，沒了堵塞的花徑瞬間便泄出一股灼液，大團大團地淌在了凌亂的衣物上，清涼的夜風中，還能清晰聞到那溼熱的淫靡氣息。

「啊～子晉哥哥，還是、還是有些脹，這裡～」喬宓乖巧地窩在裴禎懷中，有些無措地牽著他的手貼在小肚子上，本以為泄出的那些量足以讓花穴空乏些，沒想到小腹裡還是脹澀得很，恐怕有還不少堵在了最深處。

初嘗情欲的裴禎也不知該如何是好，只能揉著喬宓鼓脹脹的白嫩小肚子，輕聲道：「我幫妳掏出來吧？」

掏？喬宓看了看腹間的修長玉指，就漲紅了小臉，在他懷中亂掙扎著點頭。那麼多東西堵在裡面，若是不泄出來，待巨根再次進入，吃苦的只會是她，「那，那你輕些。」

裴禎笑著點了點頭，方才還撫弄著她小腹的長指，直接下滑到了腿心處。就著朦朧月光，尚能看清少女姣好的光潔陰戶，他的指腹抵在溼膩的嬌嫩穴口，雙指併攏往裡一推。

方才擠入，就觸到了層層的花褶內壁，溼潤緊致的穴肉縮動。幸而才經歷了歡愛不久，花徑還殘留著被巨根填充的慣性，長指探入到深處後，輕輕摳弄間，就有大股的溫熱水液湧動。

「啊～」

「乖，馬上就掏出來了。」輕挖摳弄的雙指快速地疏通著花徑，過度的刺激，弄得喬宓痠麻生癢，禁不住地嬌喚，裴禎溫聲安慰著，一邊親吻她的額頭。

隨著摳弄的動作，小腹漸漸空乏，大股溼液朝穴口湧出，「嘰咕嘰咕」的羞澀水聲不斷，喬宓甚至親眼目睹了裴禎的手掌是如何被灼液浸溼。

「可以了、可以了～快拔出來吧～」喬宓急促地催著，若是再摳弄下去，抵在敏感軟肉上的指腹，估計又要把她摩到高潮了。裴禎似乎察覺到了什麼，迅速拔出手指，和煦的眸中倒映著喬宓嬌澀的嫵媚，唇角微勾。

「啊！」離開花穴不久的巨根，再次頂入溼漉漉的花道裡，撐開收縮跳動的嫩肉，一路抵上深處。

「你你！先不要插，唔啊～好難受！」

喬宓這番痛苦並快樂的模樣取悅了裴禎，他笑著含住她的貓耳輕舔，根本不理會她的哀求，就大力拍擊起來，「小喬騙我，明明很舒服，對不對？」

坐在粗碩硬物上的喬宓欲哭無淚了，她溫潤清雅的國相，怎麼突然變壞了呢……

第十九章

裴禎用了一個晚上，身體力行地全方位向喬宓詮釋了什麼叫做披著羊皮的狼。做到最後，被他填充的花道稍稍一動，就是高潮迭起，喬宓連泣哭的力氣都被頂沒了。

俯趴在男人的身上，撅著嬌嫩的臀，任由腿心處的巨根沒入頂撞，顛得她蜜水橫溢，長長的貓尾垂在裴禎的腿間，都翹不起來了，「嗚嗚……」

「乖，馬上就好了。」天邊的啟明星升起了，裴禎再度將溫香軟玉的少女壓在身下，重重挺身將所有的東西餵給她，這場激烈的性愛才畫上了句號。

喬宓累得連話都說不出來就昏睡了過去，裴禎無奈地將巨根從她體內退出，細心打理了下私密處，才幫喬宓重新穿上衣裙。髒亂的地方，他不得不用術法還原了本來的精緻。

再看她那根被蛇咬了的食指，血珠已經凝固，留下兩個微腫的小傷口。握著小手大掌一揮，白嫩的指頭就恢復了原樣，沒有半分痕跡。

「小懶貓，天亮了。」山林初秋的清晨已有寒意，穿戴整齊後，裴禎躺下將喬宓緩緩擁入懷中。他輕撫著她纖柔的後背，月眸如星卻沒有半分睡意，目光一直流連在懷中的少女臉上。

天一亮，他們可能就再也不會有交集的機會了。這一夜的歡愛如同鏡花水月，他能牢牢記在心頭，那麼她呢？

「是我奢求了。」低沉一嘆，說不出的落寞寂然。

陰差陽錯和國相春宵一度的喬宓眨眨眼醒了過來，像是偷吃了蜜糖的小老鼠，縮在草地的角落，偷瞄著裴禎健碩的背影，心間莫名滿足。

其實，她真的肖想他很久了……這朵溫潤的高嶺之花終於被她糟蹋了！

「還不快過來，晨間露水重，過來烤火去去寒氣。」裴禎側首淡然地喚了一聲。

喬宓抿著櫻唇，輕旋的酒窩間都是嬌俏的怯怯，三步一蹭五步一頓，好半天才湊到裴禎的身邊，緊挨著他坐下。明火瞬間映得桃頰微紅，粉透的貓耳顫慄地豎起，「昨晚……」她嬌羞的話語才說到一半，裴禎忽而清聲打斷她：「昨晚什麼都沒有發生，忘記吧。吃完東西就上路，早些回去王帳，攝政王應該很著急了。」

喬宓甜滋滋的笑意硬生生地僵住，看著裴禎俊逸的面龐上滿滿的冷淡，鼻頭止不住發酸，無措地咬緊下唇，黑亮的明眸中泛起粼粼水波。這猶如當頭一棍的話，打得她措不及防。

「你！明明昨晚不是這樣的……子晉哥哥！」

「好了，喬姑娘還是避嫌些，叫我國相吧。」

昨晚還乾柴烈火情投意合，她還聽到他說喜歡自己，這才多久，就變了……男人果然靠不住！

「哼！國相就國相。」方才的甜蜜此時蕩然無存，喬宓負氣起身，遠離了裴禎，垂眼望著火花閃動的火堆，濃密的長睫不斷拍動著，似乎只有這樣才能忍住淚水。

在回程的路上，好幾次，看著她可憐巴巴的模樣，裴禎差點心軟，可是一想到往後的日子，他還是忍住了。他太瞭解景琮了，高高在上的攝政王，怎能允許自己的女人和別的男人有染。獨占欲是獸人的天性，裴禎從來不懼生死，他只是不想連累了喬宓。

如果可以，他寧願將這份愛永遠藏在心底，只希望有朝一日她成為了攝政王妃，他還能默默站在她的身後，望著她，保護她。這樣就足夠了。

喬宓氣歸氣，轉念一想也知道裴禎是為她好。此前景琮就三番五次告誡她不許與別的男人接觸，那日在炤令苑中的宣示，何嘗不是對裴禎的警告。她那點覬覦男神的心思，早就被景琮看透了。

可是裴禎這樣提起褲子就不要她的態度，實在讓她惱火，氣得想跳腳。看著走在前面的頎長身影，她憤懣得牙癢，還真就在地上氣得跺腳了。

「啊！」沿著河的山林野路多是一些長了青苔的鵝卵石，喬宓的硬底繡鞋一踩就打滑，才跺了幾下的腳一扭，整個人重心不穩就摔坐在地上，尾椎骨一股劇疼傳來。

「沒事吧？」

不用腦補，她也知道自己此時有多狼狽，場面真是尷尬到了極點，「沒、沒事！」怎麼可能沒事，倒楣的她不止扭到腳踝，還悲慘地傷到了尾巴。

看著她疼得齜牙咧嘴還逞強的模樣，裴禎無聲嘆息，斂了面上的冷然，走過來蹲下身去查看她的腳骨。喬宓本來還想躲，卻被他一個眼神壓制住，「現在不該是對我生氣的時候。」

解開他清晨替她繫好的羅襪，露出那隻嫩白的蓮足，大概是拐得厲害，腳踝已經腫起來了。就是這隻盈盈一握的小腳，昨夜勾纏在他腰間……

「國相，你在看什麼呢！」察覺到裴禎走神，喬宓踢了踢被他捏著的小腳，揚聲喊他。

裴禎恍然回過神，溫儒的面上有些許不自在，他卻很快掩飾過去，重新幫喬宓穿好羅襪，清聲道：「傷得厲害，暫時不得走動了，我背妳吧。」他轉過身，將寬闊的肩背朝向喬宓，等待她上來。

長這麼大，這還是第一次有男人要主動背她，喬宓一時腦衝，還真的趴了上去。她將臉埋在他的肩頭，輕嗅著陣陣蘭草的清香，沉穩的步伐間，竟然晃得有了幾分睡意。

直到很久後，她才想起一件事。裴禎術法那麼厲害，為何當時沒有立即恢復她的腳傷，反而還背著她走了一天的路。

回到王帳時已經天黑了，裴禎抱著化為原形的喬宓，好幾次想要撫摸她，最後都忍住了。再走幾步，她和他就不再有關聯了。

一直裝睡的喬宓，早就察覺到他的遲疑，枕在蘭草香臂彎間的貓腦袋一動也不動，隱約期待著他的撫摸。

可是，裴禎終究是邁不出那一步，將她摟緊後，再無停頓地大步往營地而去。將喬宓送回景琮的王帳時，昏暗的火光下，她眼角已經溼成一團。可惜裴禎並未發現，看著宮娥將喬宓抱入了帳中，他才失神轉身離去。

這一次魔族來襲，昨日的一場混亂中，不僅喬宓和裴禎失蹤了，連少帝景暘到此時都還沒有任何消息。人心惶惶，景琮一直忙於指揮，在得知喬宓被送回來後便匆匆趕回。

梳洗過後換了裙裝的喬宓正坐在床畔，由御醫替她用術法醫治扭傷的腳踝，才幾個時辰，纖白的蓮足已經腫得不像樣了。

「疼疼！」她那嬌軟的驚呼聲不停，進來的景琮終於安了心。弄丟喬宓的這兩天一夜，強大如景琮，竟然前所未有的恐慌，這小貓已然成了他的軟肋。

「怎麼弄傷了？」喬宓抬頭，淚眼婆娑地望向景琮，披著一襲黑狐紫金滾邊大氅的他，看起來格外峻拔陰鷙，走動間腰間華美的玉組輕撞。

正替喬宓醫腳的御醫慌忙起身跪拜，「王爺！」

「都出去吧。」他這大手一揮，王帳裡的人立刻往外退，喬宓看看自己還腫著的腳，忙喊道：「誒誒，我的腳，別走……」

「閉嘴。」景琮沉聲一喝，往床沿坐下，帶著寶石戒指的大掌一揮，眨眼的功夫，那腫起的腳踝就消了下去，變回了原先纖細的模樣。

喬宓驚奇地動了動，也沒了痛意，「咦，好了？」

看著她這很是沒心沒肺的模樣，景琮威儀的眉頭一皺，就將她攬入懷中，扣著玲瓏的下顎抬起，就重重地吮吻了幾口。

「唔唔～」喬宓被他的吻驚到了，小手抵在他胸前的玉扣上用力推揉，唇間被灌滿了男性的氣息，好幾次嗆得差點喘不過氣來。

等到被鬆開時，少女已經徹底癱軟在男人懷中。揉著她那兩隻懨懨的貓耳，景琮寒眸中精光微閃，沉沉問道：「是裴禎送妳回來的？」

被吻暈的喬宓立刻警惕起來，伏在景琮懷中乖乖地點頭，「我中了魔族金鈴的攝魂陣，掉下山崖了。幸而後來遇到裴相，就和他一起回來了。」嘴上說得輕而易舉，可是喬宓心裡還是有些發虛，根本不敢看景琮的眼睛，生怕被他察覺異樣。

「是嗎？回來就好，告訴本王，昨夜你們是在一起的嗎？」

喬宓後背一涼，只覺景琮摩挲在髮間的大掌，頗有幾分索命的危險。她厚著臉皮拉著景琮的手撒嬌道：「幸好我福大命大，昨夜多虧裴相，不然我那麼怕黑，大概早就嚇死了。」

被迫對上景琮寒淵般的棕眼，喬宓腿都嚇軟了，好幾次差點忍不住坦白從寬，可是一想到景琮對待敵人的各種殘忍手段，她只得強行忍住。腦海裡穿著白裙揮舞翅膀的迷你喬宓，正蹲在角落畫圈圈。老實講，這種出軌的滋味，真心不好受！

夜裡景琮一反常態，竟然抱著喬宓和衣睡下，除了將她摟緊在懷，並沒有過多的舉動，還不時為她拉好被角，弄得喬宓大半夜失眠。

「王、王爺，我和裴禎……」

「噓，睡覺吧。」景琮沒有給她說話的機會，暗淡的明珠光亮下，她靜靜地窩在他懷中，小心臟撲通撲通都快跳出喉嚨了。

第二十章

翌日午間，少帝景暘被找到了，與他一起被抬回來的還有王家姑娘。喬宓聞訊趕來時，只看見地上的擔架躺著一人，用白綢遮蓋了全身，只剩下腳上一雙茜色的牡丹繡鞋，精緻奪目。

「小姐，還是回去吧，太嚇人了。」靈鵲化身的宮娥膽量不大，王姑娘被抬回來時，她看了一眼，死得異常慘烈嚇人，特別是那張冶麗的臉已然被毀得不堪入目。她攔住上前的喬宓，勸阻著離去。

看著覆蓋在臉上的白綢滲出血跡，喬宓也就沒上前了，心中惋惜不已。那樣漂亮的人，就這麼沒了。

喬宓去探望景暘時，帝帳裡聚集了不少宗親，裴禎也赫然在其中，穿著雪色的麒麟紋長袍，持著那把墨玉骨扇，又是一如往常的清貴舒雅，溫玉俊逸。他的目光淡然地掠過她時，並沒有過多的停留，喬宓不禁有些小失落。

度。

垂著耳朵進了內帳的寢居，便見景琮坐在龍榻旁，看著御醫為昏迷的景暘把脈。鏤空雕的玉龍冠束起長長白髮，半面神祇般昳麗的面孔陰沉，涼薄的唇側隱約勾著一個森然弧度。

「陛下並無內傷，只是暫時昏厥，修養幾日便好，不礙元神。」

景琮冷冷應了一聲，揮手道：「出去告訴他們吧。」

御醫唯諾著出去了，路過喬宓時，還行了一禮。喬宓笑著頷首便往景琮那邊去，蹭到龍床邊看了眼面色蒼白的景暘，回憶起那日的遭遇還是有些唏噓，「那些魔族人真可怕，特別是金銀鈴，一聽到聲音就中招了，幸好陛下沒事。」

景琮寒眉微挑，抬手將喬宓攬入懷中，捏了捏她纖弱的脊骨，聲音清冽地說道：「妳心神不穩，當然能輕易被魔鈴入心，怪不得他人厲害。」

喬宓撇嘴，這樣的說法雖然很傷自尊，但是她的實力確實不夠，連忙抱住景琮的手臂撒嬌輕晃，「我不管，王爺你要教我些厲害的術法，下次再遇到那些魔族人，我一定要……」

「一定要如何？妳每日除了吃便是睡，哪有心思向學。別胡亂想了，不會有下次的。」

景琮寵溺地刮了刮喬宓秀氣的鼻頭，自己養的貓，他比誰都清楚那習性。

不會有下次?喬宓幽黑狡黠的明眸一亮，坐在景琮懷中歡快地晃著兩隻離了地面的小腳，喜道：「王爺你要發威了?」

景琮卻漫不經心地揉捏著喬宓軟綿無骨般的小手，緩緩沉聲道：「總歸是些心術不正的魔人，留著始終是個禍患。」

在景琮的世界，不能為他所用的人，都可以被定義為敵人，也根本沒有活下去的必要。魔族固然強大，可是只要他下令，消滅他們不過是時間的問題罷了。

喬宓都快眼冒愛心了，窩在景琮的懷中，忽而想起一件事情來，連忙坐起身子說：「那天我聽見金銀鈴說，夜國的太子也來了?」

對於被自己一掌就打回原形的夜太子，景琮勉強還有點印象，看著懷中少女髮間忽然發顫的貓耳，嗤笑道：「不過一個毛頭小子罷了。」

喬宓無奈撇嘴，誰能跟他這老變態比呢?

待景暘清醒後，景琮就下令拔營回宮，好好一場秋獵徹底被破壞了。然而對魔族的滅族令才發往邊關，夜國就送來了和談書。夜帝特意派遣夜太子與司命族的世子來朝議和，除此之外還備了不少厚禮，對於刺殺一事，當然是心照不宣避而不談。

喬宓又恢復了去宮學聽課的日子，沒了王家小姐，她被太傅安排坐回景暘的御桌旁。看著龍袍冠冕的景暘，喬宓總覺得有些說不出的怪異。

十六歲的少帝依舊唇紅齒白，清俊貴氣，待喬宓也一如往日的親暱，見到皇叔父時仍然會懾於威壓而低眉順目，接見朝臣也是親和有禮。偏偏他愈是這樣，喬宓就愈覺得奇怪，私底下總是不免暗暗打量，卻一無所獲。

「喬喬，為何妳這幾日總是盯著寡人？」少年跟羔羊一樣的無辜眼神，看得喬宓心頭發虛。

她搖了搖頭，訕笑著說：「沒有呀，我只是覺得陛下愈來愈俊俏了，哈哈。」

一定是她想太多了！景暘還真的以為喬宓是在誇讚他，略帶青澀的俊秀面龐上不禁流露幾分英武氣概，連龍袍上被喬宓沾上去的糕點碎屑都來不及在意。

「陛下，那個夜國太子是不是就快到了？聽宮娥說夜太子長得異常俊美，我有些好奇呢。」對於長得好看的人，喬宓總是免不了愛美之心，這幾日總是聽宮娥們稱讚那夜太子的俊美之姿，聽得心癢癢，再好看能比景琮好看嗎？

「嗯，皇叔吩咐禮部準備國宴相待，過幾日使團便入京，到時候喬喬千萬別亂跑。」

景暘眉頭輕收，忽而叮囑起喬宓來。

喬宓撓著貓耳有些不解地問道：「為何？」

景暘忽而一咧嘴，詭異地笑道：「妳可知夜國皇族的本體是什麼？」

「是、是什麼？」喬宓莫名有些不妙的預感。

「七星黑蟒，巨型如龍神，生性極其暴戾，發起脾氣來會生吃獸人的。」看著那兩隻被嚇到豎立的粉透絨毛耳朵，景暘的笑意更深，「聽聞夜太子最喜歡吃喬喬這般年齡的少女了，張開大大的蛇口……」

「啊！！」

這廂景琮處理完政務回宮時，喬宓已經早退回來了，化回原形縮在鋪了軟墊的美人榻上睡覺，雪白的絨毛與那身下的霜花錦墊倒是非常完美相襯。一旁的玉石桌案上擱著一碟小銀魚乾，滿滿的不曾動過，更奇怪的是連她往日最喜歡的花糕，也只吃了一塊就丟著了。

「這是怎麼了？」被驚醒的喬宓懨懨地看了他一眼，連尾巴都懶得甩，將蓬鬆的絨毛屁股挪到一邊，讓了個座給景琮。

喬宓本來是不怎麼怕蛇的，那日被淫蛇咬了一口，錯與裴禎顛鸞倒鳳一夜，就記恨起那條黑蛇。今日被景暘一嚇，又想起最近景琮對自己的態度，心裡就有些不舒服了。她總覺得景琮可能發現了什麼，這都好幾日了，他竟然一反常態不和她做羞羞的事情了！

景琮抱著喬宓坐下，長指便點在了她額間。白光乍閃，方才還慵懶懨懨的貓，已化作光裸的少女窩在他懷中。看著喬宓氣惱鼓起的桃腮，景琮隨手扯了一方宮緞將她遮住。

奈何那竹青雲紋的宮緞過窄，只夠擋住腰臀和一半的玉乳，嬌呼起伏的奶白雪膚大片裸露，隱約還可見櫻桃色的乳暈微顫。換做以往，喬宓必定會遮上一遮，可是今日她有些較勁。

「王爺，不如我們做羞羞的事情吧？」狡黠的美眸微睞，纖細的小腿勾上景琮的腰，抵在華貴的血玉腰帶上輕蹭。泛著桃粉的姣麗小臉上，盡顯誘人的嫵媚。

難得見到喬宓如此急切於性事，景琮深邃的寒眸微瞇，泛涼的長指在她雪色的嫩乳上輕滑，描繪著那深深的一道細膩乳溝，「小貓今日怎麼了？」

喬宓就是怕他心裡謀劃著什麼，所以想證實看看，如果有個風吹草動，也好先跑路。

她嫣然一笑，露出潔白的貝齒來，軟軟地喚了一聲：「爹爹～」

景琮唇側的笑意漸深，將小貓萬千風情的模樣盡收眼底，手指撫上她的乳尖，捏著一粒軟嫩的乳頭輕撚，沉聲道：「小淫貓的花癢了？」

力道適當的揉捏很快讓乳頭發硬，喬宓嚶嚀著扭了扭纖腰，之前被景琮日日夜夜地操弄習慣了，最近突然曠空，實在是經不起挑逗。

「嗯嗯～爹爹幫幫我吧～」勾引人這種事情，一回生二回熟，喬宓比照著中了淫毒那時，玉足纏著景琮的腰，嬌囀的聲音都快化成水了，一雙澄澈的美眸如蘇，直勾勾地誘著男人。

景琮不置可否，看著抓在胸前玄色飛龍長衣上的那雙藕白小手，棕瞳裡閃過一道陰寒的戾氣。在喬宓還不及反應時，他一把拽開那條上等的宮緞，將她精裸如玉的嬌軀再度暴露在空氣中，「你……啊！」

只見景琮冷笑著推開她纖長的雙腿，併攏兩指就往那嬌嫩的桃縫裡一插，不夠溼潤的花穴頓時一股火辣辣的疼痛散開。喬宓愕懼地瞪大了眼睛，尖叫聲還未落下，插在穴肉中的雙指就發狠地捅了起來。

「啊！不要，好疼！」任由她驚呼著夾緊雙腿，也沒能阻止在穴內猛抽狠插的雙指。

嬌澀的窄穴被懲罰性地搗弄著，喬宓掙扎著想逃離，卻被景琮勒住柳腰，愈是叫得厲害，那手下的動作就愈重，疼得喬宓哭喊不停，「嗚嗚！不要不要！放開我！你這個變態，嗚嗚！」

更可怕的是，景琮竟然從頭到尾都在冷笑，輕而易舉地鉗制住喬宓，絲毫不理會她的哭叫，俊美面龐上薄唇側勾起的弧度陰測測得可怖。手指加到了三根，撐開嬌小的幽穴，怎麼疼怎麼弄，好幾次在內壁裡打轉，硬生生將不多的蜜水攪乾在緊縮的乾澀花肉裡。

喬宓這會就像隻可憐的小蝦米，被扔在了燒到最燙的鍋中，連油都沒有，就這樣被殘忍地乾烤著，怎麼掙扎都逃不開景琮的掌控。實在是痛慌了，她便大哭大喊了起來，「我錯了！我錯了！」可怕的攪動終於停了下來，在喬宓驚懼的顫慄中，三支手指離開了肉穴。

「錯在哪裡了？」剛剛從下身拔出的手指上並無過多的黏液，景琮轉而握住喬宓的一邊嫩乳揉捏，水嫩的奶白乳肉很快就紅腫了起來。他的聲音寒冽陰鷙，棕瞳深邃如淵，喬宓布滿淚花的眸子剛對上，就被其中的寒芒嚇得後背僵直，根本不敢再有絲毫隱瞞。

「我不小心被蛇咬了，中了淫毒……是我勾引他的，和他沒關係！反正…要殺要剮你朝我來！」喬宓就知道瞞不過景琮，走到這一步也不奢望能活了，只是一想到裴禎會被連累，就覺得對不起他。當時如果她再忍忍，情況是不是就不一樣了？

景琮冷笑出聲，「喲，怎麼這般有骨氣了？妳勾引他？就像方才勾引本王那樣嗎？」早在那日喬宓被送回時，景琮就察覺異樣了。虎族的嗅覺靈敏，儘管她沐浴過，可是依舊掩蓋不了她身上沾染了其他男人的氣息，而那種氣息還是從體內散出的。

當時，景琮是震怒的，可是到底還是忍住了。他喜愛喬宓的程度遠遠超乎了自己的控制範圍，他怕自己一時沒忍住會掐死她。所以，他制止了她那夜想要坦白的念頭。有的事情並不是時間能磨滅的，這段時間他都不曾碰喬宓，便是在拿捏對她的態度。至於裴禎，早在他的黑名單裡死一百回了！

勾引？裴禎是什麼人，景琮還不清楚？即便是扔十個百個狐族魅女脫光了在他床上，只怕清冷的國相連眼睛都不耐煩眨一下，若非對喬宓存有不該有的念頭，以他的術法怎麼可能祛除不了區區淫毒，還能被喬宓勾引成事？

「本王可捨不得殺妳，留著慢慢折磨吧。」

第二十一章

「景琮你這個老變態！嗚嗚…放開我！好熱！我恨死你了……」奢華的大圓頂金紗龍帳下，喬宓不著一縷地被綁在赤金龍床上。纖柔的雙腕被紅緞帶拉高，捆拴在遊龍欄上，就連雙腿也未能倖免，兩隻嫩白的蓮足分別被絲帶綁在圓頂的純金架子間，大大分開秀腿中的旖旎私密處。任由她怎麼扭動掙扎，都合不攏腿心。

「啊～好難受，你快鬆開我！」喬宓顫哭著軟綿的聲音，一雙溼漉漉的黑眸艱難地看向不遠處的景琮，那老變態竟然還優哉遊哉地飲著酒，絲毫沒有要幫她紓解的意思。

「我討厭你！竟然用這種下三濫的手段，嗚嗚……救命啊！」寢殿中央的焚香金鼎裡，被景琮添了合歡醉。那可是上等的宮廷催情之物，再性淡的女子聞了也會意亂情迷，勾著男人的腰大戰三百回合。

嫋嫋漫起的白煙愈來愈多，淡淡的鬱香絲絲入肺。喬宓起初還能憋著氣不聞，到後面實在忍不住喘了幾口氣，哪料到這春霧藥效如此厲害，瞬間就入侵了心脈血液，不到片刻的功夫便渾身發熱，穴心更是奇癢。

竟然比那淫蛇咬的淫毒還要猛！她這愈是破口大罵，呼吸就愈發急促，玲瓏的嬌軀在龍床上難耐地扭動磨蹭著，頭腦暈脹，只想夾緊腿心緩緩穴裡翻湧的熱浪，可恨的是景琮卻綁住了她的腿。

「我錯了！嗚啊~別鬧了，王爺…爹爹……求求你放了我吧！」少女光裸的身子雪白，此時浮起一層淡淡的緋色，薄薄的香汗外滲，秀氣的額間瀏海都被浸溼了，口乾舌燥的哭喊更是透著渴望的焦急哀婉。

合歡醉只對女子奏效，卻對男子無用，正好被景琮拿來懲罰喬宓。聽著少女聲聲嬌泣嫵媚呻吟，景琮倒連眼都不曾抬一下。

喬宓被綁了將近半個時辰，此刻意識都有些不清了，只覺整個人墜入一片花香雲霧中，在滾滾熱浪裡浮浮沉沉，每一寸肌膚，每一處關節，都好似被萬千淫蟲侵蝕，入骨鑽心的灼癢讓她幾乎瘋掉。

欲望堆積的小腹中，翻騰的熱意在花道內衝擊著穴肉，她無意識地縮緊鬆開，潺潺淫水湧往花穴口，滴滴答答地滑落，溼濘的陰戶只渴望被速速填滿，無論用什麼東西都可以。

「啊啊！唔～求求你，好癢～啊！好想要！」到達巔峰的渴望得不到給予，意識混亂的喬宓已經哭得像個小孩，毫無章法地叫喊晃動著，只求能有片刻的緩解。

「我的小貓真可憐。」美眸水霧氤氳，只隱約看見一抹高大的身影站在床邊，充滿了壓迫和危險。冰涼的手指遊走在她熱汗淋漓的桃頰上，輕佻地撥動著溼長的碎髮。

「舒、舒服～摸摸，要摸摸。」如玉的修長指腹攜著一絲酒氣，貼在滾燙的小臉上就是一股透爽的涼意。彷若被綁在蒸籠裡的喬宓，極度渴望這種涼，甚至迫不及待地抬起小臉往上湊。躁動的喉頭間，不禁嬌囀著舒服的嗚咽聲。

景琮挑了挑冷厲的眉宇，無情地抬手撤離，那貓姣如秋月的嬌靨瞬間皺了起來，嘟囔著小嘴如同要不到糖的嬰兒。

「給我、給我……嗚嗚！」仰起的素長脖頸曲線嬌媚誘人，起伏的瑩白胸乳間，香汗滾動，只看那一雙白嫩的奶子顫抖不停，紅梅般豔麗的乳頭才撥了一下就立了起來。景琮勾唇輕笑，食指刻意在渾圓的椒乳間打圈滑弄，撩撥得喬宓立刻嬌淫地呻吟大作。

「便是這般勾引裴禎的？妳這貓倒是愈發浪了，也難怪裴禎耐不住。且多喊幾聲，本王都硬了。」不同於被男人疼愛時發出的陣陣歡愉浪叫，這一聲聲急促的吟喔嬌囀如蜜，是媚人心魂的饑渴，若非景琮控制力極強，早被撩撥得撲了上去。

「啊嗯～王、王爺～」幸虧喬宓這會還殘留著最後的一絲清醒，控制著沒喊錯人，噙滿淚花的黑瞳楚楚動人地望向景琮，柳腰輕晃。知道這是被藥物逼到極點了，景琮依舊不急，凌空撚出一根孔雀羽，兀自用那軟尾的一端掃在少女白嫩平坦的小腹上。

「啊！癢～好癢啊！」本就欲火焚身的雪膚早就敏感萬分，哪裡禁得住這樣的逗弄，一時間，喬宓顫著腰就泣不成聲。

「別亂動，來讓爹爹看看宓兒的花穴流水了沒？」景琮漫不經心地笑著，那根要命的孔雀翎竟然一路掃至喬宓私處去了。只見翹臀晃動間，蜜桃嬌嫩的兩片花穴就裂開了口，潺潺不住的淫水外泄，逕自往菊穴後淌去。

「嘖嘖，真淫浪，把自己的尾巴都弄溼了呢，告訴爹爹，裴禎那日是怎麼弄妳的？」說到底，還是男人的嫉妒心在作祟。一瞧著那嬌美誘人的桃穴，景琮就忍不住幻想另外一個男人用巨根馳騁其中的場景。曾經只屬於他的美好，竟然被另一個男人目睹了。不可饒恕。

孔雀的軟尾來回掃在花縫嫩肉間，輕柔的劇癢激得喬宓大哭搖頭，奈何閉不攏腿，只能被他惡意地撩撥著，整個下半身一顫一顫地抖，哪還記得那日與裴禎的事情，「嗚嗚～錯了，我錯了~」

才掃了沒幾下，孔雀翎就被淫水浸溼了，原本還鬆散的軟毛黏成一小撮，景琮只能無奈地扔開，重新變了一支出來。這一次他不再熱衷於花穴，而是掃弄起喬宓纖長秀美的長腿。長長的羽尾繞著薄粉的腿肉一路滑到腳心，不疾不徐地輕掃，已然逼瘋了喬宓，「哇嗚！我再也不敢了、不敢了，嗚嗚！求求你，不要弄了，啊~」

景琮棕眸微眯並未做聲，羽尾掃在圓潤粉嫩的腳趾間，看著那絞緊顫慄的趾頭，便覺得心癢癢。在喬宓的尖聲哭喊中，他張口含住一根肉肉的腳趾，輕輕一吮。

「啊！」嫩白的圓潤小腳趾硬生生被景琮咬出了齒印，掙脫不得的喬宓，只得嬌泣地忍受著，瓊姿花逸的小臉沾滿了淚珠，很是可憐。

「噓，小宓兒乖些，這是妳該得的懲罰，知錯也晚了。」他陰惻的笑意嚇得喬宓連哭聲都亂了兩分，看著景琮將大掌往她腿間襲去，下意識地想夾緊腿，奈何雙腳被紅綢束得老高，只能緊顰著青煙柳眉，長睫顫顫地看著他。

冰涼的大掌貼合著瑩白細嫩的腿心往私密處滑去，輕柔的觸感，摩擦得敏感火光簌簌生起，喬宓不禁咬唇嬌呼。

「爹爹就愛看小貓這處出水，瞧這花瓣溼的，真美。」修長的手指撥了撥沾滿晶瑩黏水的花唇，豔麗的縫隙嬌而媚，大概是合歡香發作到了極點，得不到紓解的花唇，已經顫慄地微顫起來。

景琮併攏雙指捅進那瑟瑟的花穴中，不同之前的乾澀辣疼，這一次順著層層褶皺抵上恥骨，喬宓就弓著腰淫呼了起來。

「啊～插、插深些～好舒服～」不及陽物的粗大，但還是硬物填塞，被春藥折磨經久的穴裡如同久旱逢甘霖，吸著雙指恨不得立刻抽插起來，股股水液外泄，弄得景琮瞬間溼了掌心。

「不過幾縷藥煙便把持不住了，來年春日時，若本王一日不在，妳豈不是一時都不得空閒地找別的男人？」萬獸雖化人形，可依舊大幅保留了原始獸性，比如春日發情。這個本能刻在了骨子裡，千萬不能小看發情期，即便是景琮這般不重欲的人，每年春天都會有欲火焚身之感，只能靠自身修為硬生生壓下。

更別提修為低下的喬宓了，往年礙於貓身，只能竭力捱過去，今年卻大不一樣了。喬宓只覺這合歡香和往年發情期的效果差不多，欲火累積到極致，連人都分不清，只盼著能得到一時紓解，哪還會在乎更多。窄小的花道縮得緊，長指抵在恥骨處的敏感點上，就著陣陣溼滑用力地搗弄了十來下。

「啊！」大抵是插得太快了，急癢多時的花徑內壁狠狠一顫，尚插著手指的花穴就噴出一股透明水液來，窸窸窣窣射得到處都是。

「潮吹了？嘖嘖，床都弄溼了。」以往不是沒見過喬宓潮吹，每次都是景琮將她弄到幾度高潮後才有的事，看來這合歡香是當真厲害，才用手指插了幾下竟然就噴成這般。

景琮上了榻，跪坐在喬宓的腿間，好整以暇地瞧著下身的旖旎春光。泄了水的花穴顫得厲害，桃唇泛紅沾蜜帶水地散著股股淫香味，很是美妙。

「來，讓爹爹看看小貓還有多少水能噴。」長指再度插入，深陷肉欲快感的喬宓下半身一顫一顫地瑟縮，香汗淋漓的嬌靨布滿了迷離的紅暈，微露的貝齒咬不住地溢出呻吟。玉洞中肉壁滾熱，溼濡陣陣，較之先前又緊致了幾分，手指進入淫滑不堪的甬道中，多了磨人的旋轉，猛力插了沒幾下，只見喬宓腰肢劇顫又是一股淫水噴了出來，「啊啊～」

「又出來了呢。」四濺的水液沾染了景琮的前胸和手臂，滿是少女體香的淫膩味，讓他玩味一笑。看著正在閉攏顫慄的花穴口，他起身褪去繡著飛龍的黑綢中褲，早已硬挺的巨根暴露而出。

彎翹在胯間的虎鞭猙獰發紫，圓碩的頭端危險地輕動，小孔裡溢出點點水液，滿是雄性的麝香氣息，「小貓等爹爹這物許久了吧？想要嗎？」

再次被插泄的喬宓虛得不行，正迷亂萬分地緊閉著美眸，長睫可憐地顫著，連咬唇的力氣都沒了，無助得好似一隻可憐的小羔羊，弱弱地急促喘息著。空氣中的合歡香還在蔓延，那兩股水液並未減輕體內的火浪，她虛睇著眸看向景琮粗狂的胯下，情不自禁地嚥了嚥口水。

「說說，我是誰？」合歡香有亂人心智的成分，此時的喬宓恐怕已經腦袋空白了，景琮冷厲的逼問，才讓她清醒了些許，「爹爹……景、景琮。」

景琮滿意地挑唇，跪坐下去，將炙硬的巨根抵上溼濘的花縫，沾著片片黏滑往裡頂去，碩大的肉頭率先塞入了嬌花的嫩肉中。

「嗚啊～還要還要～」

掐著喬宓忽然活躍起來的秀腿，景琮拍了拍她不安份的小屁股，攜著笑意道：「告訴爹爹，這會是誰入了小貓的穴呢？」

他不急於深入，讓期待已久的喬宓有些焦急，溼漉漉的花唇吸緊了巨根的棒身，恨不得整支吃進來。被問了這麼個問題，熱到暈眩的喬宓稍微迷糊了些。

「子晉……不、不是，是爹爹，景琮……進來，快插進來～」這樣的熱浪欲火，讓她的意識混亂起來，似乎又回到了那個淫靡的夜，騎在她身上幹著她的男人，一遍一遍在她耳邊，告訴她——叫我子晉。

她雖然口齒有些不清晰，可是前面那兩字景琮還是分辨得出。天下誰不知，翩翩儒雅的國相字子晉，景琮冷哼一聲，拔出填滿穴口的頭端。隨著淫水牽出的黏稠銀線斷開，花縫便可怕地空乏了。

「啊啊！不要走不要走！給我！嗚嗚！」喬宓差點被逼瘋，方才欲火燒到極點，沒有被插入也便罷了，這會嘗過了他的灼熱碩大，怎麼受得了分離。就如同渴了太久的人，給了一口水喝便拿走，只會更加乾渴欲死。

第二十二章

「再給妳一次機會，要誰幹妳？」

「你……你！王爺、景琮！嗚……」喬宓急促的媚聲嗚咽，香汗浸溼的長髮間，可憐的貓耳已被折磨得無力地垂著了。

圓碩的肉冠再次塞入，溼濘的嫣紅花唇迫不及待地咬緊，穴口嫩肉一個勁地縮動，緊致的美妙讓景琮瞇了瞇眼，縱身往裡猛然挺去。粗壯的棒身摩擦在花褶間，帶著四溢的淫液一股腦搗在最深處的花心上。饑渴久時的幽穴終於被塞得滿滿脹脹，喬宓舒爽得哭音都變了調。

「啊嗚~插得太深了，好舒服~」天知道她等這一刻多久了，被媚藥侵蝕的花穴高度敏感，猙獰的巨根光是插進去，喬宓竟然就有了尿意，縮緊的嫩肉夾得肉棒愈發炙硬。

「小貓，可是又要泄了？」兩人的下身貼合得不留餘縫，男人健碩的大腿抵得少女瑩白的腿心上揚，套著巨根的蜜穴溼熱膩滑。挺著腰抽插了幾許，察覺到花心顫慄抖動，景琮就知道喬宓又忍不住了。

喬宓嬌喘著呻吟，明亮的眼眸裡噙著水光，自花穴深處散開的極致快感竄入腦中，不曾被揉按的花核總滲著一股澀澀的酥麻電流，讓她情不自禁地去摩弄可怕的巨根。

「別急，時間還多著呢，妳的懲罰才剛開始。」正在興頭上的喬宓忽聽此言，嚇得小屁股一縮，小穴夾得景琮瞬間呼吸沉了幾分，還不等她思考他的意思，早已怒挺的巨根就狂野地抽插起來。不留半分柔情的狠狠頂弄，幹得被綁縛在空中的藕白小腿繃緊亂顫。

「啊啊～太快、太快了，爹爹慢些～唔！」覆在身上的男人生猛異常，胯下的巨根撞著淫滑火熱的甬道，一個勁地狠進快出著，好幾次頂得喬宓腦袋碰在了金龍欄上，芳息大亂，口鼻中盡是合歡香的媚煙縈繞。

「下次還敢不敢讓別的男人這麼弄妳了？嗯？」淫靡的水聲大作，景琮愈是入得厲害，那媚肉滑動的嫩穴就絞得愈厲害，一想到喬宓不久前也這麼在裴禎身下淫浪著，心口中總有股說不出的戾氣。

快慰的尿意侵襲，喬宓空亂的腦中嗡鳴不斷，只瘋狂的搖著頭，「不敢、不敢～唔啊～」巨大的頭端好幾次卡上宮頸口，猛然退出再頂進，幾乎要了喬宓的半條小命，大大分開的腿心被撞得麻癢痠疼，熱液齊齊往穴口湧動。

「小貓，又被插失禁了。」隨著肉棒的退出，不少淡色液體噴在景琮強壯的腹間，他勾著昳麗的薄唇輕笑，口中呢喃著粗鄙的淫話，羞得喬宓小臉漲紅，緊閉著眼眸舒爽地呻吟。

可是不管她怎麼泄身，那股侵蝕著骨血的欲火依然不見緩解，甚至還有些加劇，這讓陷入肉欲的喬宓痛並快樂著，「為何？為何還是這麼難受？嗚嗚～」

正揉捏著玉乳的景琮嗤笑不已，俯身舔了舔硬挺的紅梅乳頭，沉聲道：「合歡香須得用男子精元入穴才得解，小淫貓不求求爹爹射給妳嗎？」

他弓起的腰身抽插得更快了，體外的巨囊重重地拍打著少女嬌嫩的會陰。得了答案的喬宓剛想說話，就被弄得發不出聲來，嗚嗚咽咽大半天。

「求、求你了……快、快射給我吧，啊！」大腦被欲火折磨得一片空白，任由那滅頂的快感亂竄，卻始終得不到最後的紓解，嬌囀的聲音結結巴巴被頂亂了音。景琮看著被他舔溼的敏感乳頭，晃動的嫩白乳肉似乎更讓他喜愛，森寒的牙齒便咬住了一側的奶白軟肉。

「啊啊！別、別咬！」可是他不僅咬了，還用唇舌去舔弄，又疼又癢弄得喬宓哭了出來，奈何雙手被高高綁縛，只能任他隨意玩弄。

「噓，小聲些，留些力氣等會用吧。」景琮總算鬆開了可憐的玉乳，上面慘兮兮地印著大大的牙印，雪白的玉肌硬生生被抹上嫣紅，疼得喬宓倒抽冷氣。

出於本能，穴肉絞得更加緊致，反倒讓景琮愈發享受起來。只見他挺起精壯的腰身，抵著喬宓嬌弱的腿心狠插，還伸出兩指塞進少女的口中。

「嗚嗚～」修長的指節占據了溼滑的檀口，模擬著下身的頂弄，在她的小嘴裡輕插快捅著，勾得縷縷口涎外泄。

「小貓上面的小嘴水也多，不過本王還是喜歡下面的嘴，吸得可緊了。」小嘴被手指抽插著，喬宓只能在指節間嬌喘著輕唔。隨著景琮愈發狂亂的抽插，龍床上巨大的圓頂帳幔也被帶得輕晃，繡著飛龍的金紗上嵌著串串飽滿的南珠和寶石，一時間也清響個不停。

「來，告訴爹爹，要不要把這裡射滿？」堵著小嘴的手指終於撤了出去，喬宓深陷在龍鳳枕中的姣白麗靨紅到不行，景琮的另一隻手掌貼上她的小肚子，似乎只等著她開口，下一秒就能用他的精液填滿。魅人心魂的合歡香已經發散到極致，喬宓渾身上下都浸在媚藥中，早已等不及了。

「射滿，爹爹快點吧，宓兒要～」她嬌軟的聲音有些無助，景琮的操弄緩了緩，長指撥開她溼濡的長髮，虛瞇的美眸頗有幾分當年在雪地撿到她時的可憐模樣。

「好，都射給妳。」貫穿著整個甬道的巨根忽而加速，數十次搗弄後，硬生生鑽進了宮口，隨著喬宓的尖叫聲響起，大量的滾燙精水源源不斷地灌入小腹。喬宓被精液灼得渾身顫慄，小腹漸鼓間，她的尖叫也緩緩卡在了喉中。景琮貼上來時，她整個人都是僵著的，浸了香汗的貓耳被他張口含住。

「妳是我的。」他的聲音低醇悅耳，卻透著可怕的偏執，多年的上位者威壓在此時暴露，承受著精液入體的喬宓只能在他強壯的高大身形下瑟瑟顫慄。

良久，他蒼勁的大掌摸向她微隆的小腹，裡面塞滿了他的精元，滾燙的灼液氤氳著屬於他的修為，正一點一點地被喬宓分解著，「這麼久了，為什麼還是懷不上呢？」

眩暈的喬宓被他按得小腹痠脹，迷迷糊糊地睜開泠泠水眸，弱弱地看著身上那天人之姿的可怕男人。對於他的疑問，她當然不知道怎麼回答，大概是因為獸化人本來生育能力就不高的緣故吧。

老實說，景琮並不是很喜歡稚兒，但是一想到喬宓會誕下一個流著他的血脈的孩子，他就莫名熱衷起來，甚至還隱約有些渴望。

「給本王生個孩子吧。」這句話他不是第一次說了，但是今天卻比以往更加篤定。

空氣中流動的合歡香依舊濃郁，承受了男人精元的喬宓此時清醒了些，看著景琮炙熱的寒眸，她忽而有了不妙的預感，掙了掙被紅綢縛住的雙腕，清囀的嬌音被操得暗啞，「王爺，你先把我鬆開吧。」

激烈的性愛過後，小心臟還跳得厲害，敏感的蜜穴被粗碩的巨根堵得滿滿脹脹，喬宓知道還得來第二回合，只能示弱於景琮，讓痠疼的四肢先得到自由。再者，生孩子這種事情，豈是說生就能生的。

最先解開的是雙腳上的綢帶，嫩白的腳踝留下了好幾圈紅痕。下半身得到自由，喬宓依舊不敢亂動，花穴中的巨龍脹得她忍不住咬唇，「手，王爺快把我的手解開～」遲遲不見景琮解開雙腕，喬宓有些焦急了。

景琮卻緩緩地捏了捏她痠澀的香肩，手指撥弄著雪頸上溼濡的黑髮，露出意味不明的笑，「不急，等會再解吧，渴了嗎？」

膩熱的暖香蔓延，吸食合歡香過度的喬宓早就口乾舌燥，難得景琮這麼體貼，連忙可憐巴巴地點了點頭。只見他大手一揮，貶眼的功夫手中就多了一只白底遊龍的茶杯。

他也不直接餵給喬宓，而是自己飲到口中，再俯身貼上少女紅豔的丹唇，緩緩將微涼的茶水渡給她。帶著些許霸道的柔情，勾纏著丁香妙舌，將她的檀口弄得一陣溼濡。

「唔唔~」纏綿的深吻，弄得喬宓的大腦有些缺氧，反覆幾次後便乖乖癱軟在榻間，虛弱地張著小嘴無力喘息。

「古書裡記載，幻化原形媾和，更易受孕，今天且試試吧。」他寒聲慢語，抽出了堵在甬道中的巨根。喬宓半晌都沒反應過來，直到過量的熱液湧出花口，她打了個顫，這才顫著牙根回過神，「什、什麼意思？」

景琮笑著捏了捏她抖動的玉乳，道：「當然是變回原形歡愛，這樣才會儘快懷孕。別怕，本王會輕些。」原形？老虎本體？喬宓眼前一黑就被嚇暈了過去。

等到再睜開眼時，床上哪還有景琮的身影。只見純白大虎占據了大半的龍榻，伏在她身上，龐大的虎軀一如既往的威武，可憐的喬宓赤身裸體在牠胯下，嬌小得不值一提。

體內的燥熱欲望再次湧動，她卻驚恐地瞪大眼睛看著咫尺處的獸首，下意識張嘴尖叫起來，「啊！我不要不要！你快變回去！要怎麼做都可以，別嚇我！」開什麼玩笑，他人形時那巨物都能將她下身撐痛，遑論變回原形！瑟瑟發抖的水眸對上棕色的獸瞳，不停哀求，「真的不可以！」

細長的秀腿在他厚實的絨毛胯下掙扎個不停，嬌嫩的腿心好幾次碰到原形怒勃的虎鞭，上頭還帶著些許軟毛，硬邦邦的滾燙駭人。

難怪他不解開她手上的綢帶，原來是為了這個！她愈是掙扎，合歡香的功效就愈漸發作，景琮伸出舌頭舔了舔她緋紅的細膩粉頰，「不會有事的，乖一點，這樣才會懷上小老虎。」

他大舌上的軟刺刮得喬宓臉頰又疼又癢，皺著眉一抽一抽地哭泣。那根巨型虎鞭已經頂上了花縫，就算是溼濘過度，可是遇上獸交，還是有些吃不消。和人形時差不多形狀的極大肉頭，硬生生塞了大半進蜜穴，增加一倍的尺寸立刻疼得喬宓小臉絞白。

「把腿張開些，放鬆，大一點的東西會更爽。」景琮的獸形也不影響說話，一邊教導著喬宓，一邊緩緩將虎鞭抵入。窄小的幽穴被點點撐開，粗硬的頭端突破層層肉褶，艱難地往甬道深處堵去。

「啊……停停！」喬宓幾乎快疼斷氣了，費力繃開雙腿，好幾次深呼吸企圖容納虎鞭，奈何花穴太小，肉柱太粗，被撐到極致的桃縫口隱約有股撕裂的疼。

「乖，已經進去好多了，馬上就能插到底，一會就不疼了。」景琮為數不多的柔情都用在了這一會，讓人生畏的虎頭俯下，安慰地蹭了蹭喬宓的臉，軟軟的絨毛讓同為貓科動物的喬宓從心底生出依賴眷念。

到底還是獸形，虎鞭還未插到底就頂不進去了，胯下還有大半的猙獰肉柱露在穴口，他只能暫且緩緩抽動，讓花道適應粗大的尺寸。

溼熱的花徑裡充斥著黏黏的情液和精水，隨著巨碩的頭部慢慢插進退出，絞緊肉柱的花肉也漸漸鬆開些許，喬宓緊咬著下唇低聲輕哼，能清晰地感覺到自己的蜜穴是怎麼裹著虎鞭縮動的。

「慢點慢點！嗚嗚！太大了，別往裡面頂！啊～」明顯又深入幾分的駭人巨物，脹得喬宓眼前發黑，還好景琮進入得比較緩慢，不然又得被弄暈了。她抽著冷氣將雙腿努力張大，乖乖地配合著身上的大虎。

緊貼著虎腹的嬌裸玉肌，被厚實的絨毛來回掃得敏感不已，特別是一對玉乳正對著一團微硬的虎毛，硬立的殷紅乳頭被刺得酥麻。花心深處忍不住散開一股澀澀的癢意，小腹一抽，只聽景琮低吼了一聲，「別夾！」

第二十三章

被白虎壓在身下入弄，喬宓才知道真正的懲罰剛開始，尚未整根插入的虎鞭已經占據了整個甬道，巨碩的圓頭硬生生堵在宮口上，撐得她雙腿直發抖，微微一動就刮著花心深處的媚肉生癢，「唔啊~太大了，別動別動！」

幽窄的穴裡火熱灼燙，泌出的蜜水被巨型虎鞭堵住，緩慢的抽插間，喬宓的嬌靨白了紅，紅了又白，驚喘著倒吸冷氣，「嗚！撞到肚子了，好難受……」才退到花徑一半的肉柱猛然頂入，生硬的頭端搗得喬宓整個小腹發痠，好不容易空乏些的肉壁又被堵得滿滿脹脹。

白虎的大舌輕柔地舔著她的細長脖頸，溫熱的溼膩讓她的緊張緩解了幾分，「乖，慢慢呼吸，試著調整內息。」大概是和雙修有著異曲同工之妙，獸化時的歡愛更容易增加修為，景琮本來意在懲罰喬宓，不過看見小女孩太可憐了，堅硬多年的心到底是有些軟了。

一邊輕緩地摩擦著那美妙的蜜穴，一邊引導著喬宓如何調息，讓她盡量放鬆下來接受這場原始的媾和。此時因為合歡香而躁動不已的血脈中，叫囂的欲望仍然在沸騰，喬宓試著調息，以媚藥的功效將下身的疼痛壓制下去。她本就是獸化人形，與普通的人類不同，承受原形歡愛並不是難事。

「唔啊～」被虎鞭脹滿的花徑肉壁漸漸迎合，緩緩加速的搗弄，頂得喬宓上下晃動個不停，玲瓏纖弱的嬌軀全被景琮覆在身下，厚實華美的虎毛中，只露著一雙嫩白蓮足無助地踢在被褥間，被撞得發軟。

原形交合本就充滿原始獸性，虧景琮自制力強大，一直都是徐徐漸進，直將那緊致的花道搗弄得淫滑陣陣，才真正衝幹了起來。虎軀猛震，還遺留小半在外的虎鞭重搗快插，弄得喬宓淫聲哭喊起來。

「啊啊啊！」巨碩的圓頭，粗大的肉柱，不斷加速的鞭撻，本就沸騰灼熱的嫩肉穴壁，漸漸逼出了堆積多時的欲望，和著微疼而起的快感不斷席捲而來。

「有感覺了？小壞貓～」那是和人形完全不一樣的狂野快慰，每次頂入都深深地擊在最敏感的軟肉上，還來不及體會那股酥麻的癢，第二擊又來了，快速的撞擊搗得喬宓如墜雲霄，不多時又如深陷汪洋，無邊無際，無止無休。

渾身顫抖著，小巧的蓮足繃緊著踢在榻間，勉強承受著巨虎的交合，哀婉撩人的媚叫被頂得斷斷續續，「嗚、嗚～啊～」

喬宓水霧迷茫的美眸花得厲害，大腦內更是空白，只覺得搗弄在下身的虎鞭，硬生生攪得整個小肚子痠痠麻麻，偏偏自己又承受不住那股粗大，穴心處的爽快電流陣陣炸開，興奮的歡愉幾乎蔓遍全身。

景琮微微抬起虎軀，粗糲的大舌卷住晃動不停的雪乳舔弄，棕色的寒冽獸瞳染上欲望的情色，深陷蜜穴的紫色巨根勃脹得愈發厲害，狂亂的抽插間帶著大量透明灼液濺在腹下，弄得絨毛成片溼潤。雪色的巨虎前肢就撐在喬宓的臉頰兩側，尖利的虎爪因為快感而暴露，緊抓在軟綿的被褥間，漸起的低吼昭示著他的興奮。

「不、不行了！啊唔～」異於常人的狂震搗弄，插得喬宓失調嬌吟，軟嫩的穴肉愈來愈熱，絞著熱燙的虎鞭，連連被牠撞在宮口上，禁不住就要泄身。粗碩的肉柱被吸緊，卻愈發加快了插弄的速度，在媚肉顫抖著高潮之際，巨大的肉頭硬生生地頂入宮內。

只見喬宓忽而仰起了脖頸，緊閉著雙眸，小嘴如同離水的魚般顫慄著張合，喉頭間哽咽著模糊的叫喊。看不見的下半身被插到潮噴，絞緊的蜜穴火熱淫膩，被虎鞭堵塞住的蜜水充斥著幽幽花徑，一陣一陣抽搐。待到她終於失力、重重倒回床間時，雙耳嗡鳴得厲害，砰然劇跳的心臟讓她有些負荷不住。

肉欲的狂潮還未退散，插進宮內的巨根再度緩動了起來，正是敏感絞緊到極致的嫩肉，被研磨得痙攣陣陣，淫靡的水聲漸響。喬宓能清晰感覺到駭人的巨粗虎鞭在宮內頂弄，每一次的抽動，她只能難耐地發出單音節尖呼，似是痛苦又似極樂，咿咿呀呀地不成聲，「啊、啊、唔～啊！」

第一次用獸形交媾的景琮也沒預想到會是如此美妙歡愉，相較於起初的搗弄內壁，這會頭端被宮口痙攣緊箍的感覺更是無法言喻的爽。沉重的呼吸間，大舌輕柔地舔在喬宓香汗浸溼的桃頰上，不斷下沉的胯部愈撞愈狠，直將那纖細的柳腰抵得亂扭，「就快到了，馬上全部射在妳裡面，給本王生個孩子～」

他抑制不住情欲的話語有些壓迫，射精的前一刻，察覺到喬宓承受不住的躲避，本能地用虎爪按住了她的肩頭，虎軀一震，將花穴撐到極端的虎鞭捅到最深處。卡進宮口的巨形肉頭抖動，爭先恐後的濃灼精水就如排洪般泄在了喬宓腹中，源源不斷地漲滿，她甚至來不及發出叫喊，就被刺激得暈過去了……

景琮弄完後並未立刻放開喬宓，尖利的虎爪帶著暗湧的術法一劃，捆著她雙腕的紅綢帶便立即斷開。或許是承歡過度，喬宓掙扎得厲害，藕白的纖纖細腕同腳踝那般勒出了幾道深深紅痕。

獸化交合的精水是往日的數倍，看著喬宓脹鼓如孕的雪白小腹，景琮就著獸形又開始抽動泡在裡面的怪碩肉頭。昏厥過去的喬宓無意識地嗚咽幾聲，微顫著蝶翼長睫，瑟瑟顫著腿，沒有轉醒的跡象。粗礪的虎舌掃過少女緋紅的桃頰，再次翻湧起肉欲的情浪……

景琮這次的懲罰可謂是凶狠，獸形人身轉換著來，從白日到黑夜，直到第二日黎明時，才放開了被弄回原形的喬宓。

「喵～」可憐的喬宓癱軟著縮在龍床內側，無助地垂著粉白的貓耳，一雙黑曜石般明亮的貓瞳，噙滿了粼粼水光，驚懼地看著景琮，連甩尾巴的力氣都使不出了。雪絨的小貓臉上，還濺了不少男人的精水，弄得軟毛溼黏，屬實有礙觀瞻。

那一聲軟綿喑啞的弱弱喵嗚，戳得景琮心頭泛軟，伸手將喬宓抱入懷中。只隨意披了一件日月紋玄龍外袍的高大身形，裸露著大片精壯的蜜色胸肌，將貓抱在強勢的臂彎間，輕柔地順了順她的絨毛，「好了，本王伺候小宓兒沐浴吧。」

典型的恩威並施，喬宓委屈地顫了顫貓臉上的長長鬍鬚，被景琮這一通收拾，哪還敢忤逆他老人家，只得乖乖地蹭了蹭他的手心。激戰了一天一夜，景琮早就沐浴過了，沒了合歡香的芳郁，喬宓終於聞到了他身上的龍涎香息，冷沉高雅。

偏殿裡早已備好一切用具，岫玉鏤纏枝蓮的浴盆盛了半溫的水，點了玫瑰香露。景琮用手指探了探水溫才將軟軟的貓放了進去，「往後不聽話，就這麼收拾妳，瞧瞧現在多乖。」

「喵嗚～」散著玫瑰花香的溫水漫過脊背，喬宓縮在盆裡，長長的細絨雪毛漂浮在水中。景琮捧了一把水淋在她的小腦袋上，浸溼的貓耳微顫。他刮了刮粉色的小巧鼻頭，卻不小心將水點了上去，嗆得喬宓連打了好幾個噴嚏，本就細軟的貓嗚聲更是沒力氣了。

「真可愛。」惹得景琮揉了揉胖萌的小貓臉。一番蹂躪才洗完了貓，將她包在軟巾裡，景琮回到收拾一新的寢殿。他坐在臨靠花廳的矮榻上，浴著午後的暖陽，替懷中的喬宓擦著絨毛。

燃了佛手柑的金鼎香霧妖嬈，隱隱蓋過了那股膩人的情欲氣息。前爪的肉球被景琮捏在手中把玩，喬宓慵懶地抬了抬眼睛，揉弄得爪子倒是舒適。不遠處的白玉案臺上依舊放著那盆景琮變給她的藤蘿花，說到底是術法變幻的東西，時日再如何變化，還是那副盛開不敗的豔麗。

「宓兒這身毛倒似極了小狐狸，快冬日了，莫要亂跑，若是不小心去了不該去的地方，被做成了圍脖，可如何是好。」他的聲音低沉，帶著些許不經意的笑，甫一說完，只見那優哉遊哉翹在懷中甩動的長長貓尾，立刻被嚇得炸開。轉瞬，景琮爽朗的笑聲在殿中傳開。

坐了不多時，便有人入內稟報。國相裴禎入宮有要事相商，請攝政王過去御龍殿。裴禎的名號無疑是顆定時炸彈，現在隨時能挑起景琮對喬宓的懲罰欲。他揮了揮手讓人出去，蒼勁的手指將一臉無辜的貓拎起來。

「知道害怕了？懲罰過了，本王自然不會對妳如何，至於他……」話音一頓，長指捏了捏喬宓的貓耳朵，昳麗的薄唇側泛起一抹陰惻的笑意，冷哼道：「走著瞧。」

想要置裴禎於死地是輕而易舉，奈何景琮不能這麼快殺了他。喬宓這色貓肯定是喜歡那人的臉，若是裴禎現在就死在他手中，說不定這貓會恨他。

帝王的御龍殿中，景琮高高坐在赤金龍椅上，大掌慵懶地摩挲著龍頭把手，指間的紅寶石戒指泛著幽光，他挑著深邃寒眸看向站立在殿中的國相。放眼景國，論及男色，景琮能排第一，那第二就得是裴禎了。可惜攝政王實在過於高傲冷漠，又怎及裴相的溫潤如玉、清華舒貴。

「臣聽聞攝政王已調烽燭主攻殷東的魔族？可知如此一來邊防薄弱，豈不正給了殷北魔人趁虛而入的機會？」世人都贊裴相文韜卓絕，唯有景琮知道此人武略亦是不俗，竟然能這麼快察覺。

明面上景琮意在剷除殷東之地的魔族以報暗殺之仇，不過誰又知殷東的魔人不過是群烏合之眾，一直低調的殷北魔族才是大本營。

「本王五日前便讓翎越領五萬甲兵祕密調去南洲了。」先調烽燭主動往東出擊，看似是不經意地空出後線，其實一切早在景琮的掌控之中，只待殷北的魔人趁虛而來，大軍便兵分兩路齊齊進攻，不出幾日南北俱滅。

裴禎微驚，如此兵家大事，景琮竟然滴水不漏地隱瞞了這麼多日，若非他早先察覺，只怕還被蒙在鼓中，「攝政王當真是用兵如神，如此安排確實上乘，只怕夜國野心勃勃，也想貪一杯羹，翎越將軍的五萬甲兵，是絕對壓不住的。」

景琮冷厲一笑道：「國相到底是文人，又豈知本王等的便是夜國。」殷地東北的魔族確實該除，但都不及夜國讓景琮上心。如今兩國雖明面上喊著和談，可又知誰真誰假，剷除魔人一戰便是個契機。

若是夜國不來攻景，和談之事便能成；若是夜國虛與委蛇背後耍花招，那可怪不得景琮心狠手辣了。扣下夜太子砍了頭往軍旗上一掛，必定是能威震軍心。

第二十四章

夜國使團入京之日，宮中熱鬧非凡，宮學停了課，喬宓閒來無事便去炤今苑的蓮臺玩。已是秋中時節，白玉砌壘的蓮臺下偌大一片楓樹林燦紅如業火。一席竹榻上擱了不少雜書，喬宓倚在引枕上如何翻都看不進去，側耳聽著宮娥們竊竊談論夜太子的俊美，只覺好奇得心癢。

雖然是條黑蟒蛇，但若是長得好看，不看幾眼總覺得心有不甘。可惜景琮善妒，出了裴禎那檔事，對好看的男人戒備森嚴，根本不允許喬宓到前宮去，今夜的宮宴也沒有她參加的份。

聽著前宮隱約傳來的絲竹笙歌，喬宓憤憤地踢下腳上的繡花羅襪，趴在銀白的玲花大枕上。早上被景琮一口咬在屁股上，到現在還是生疼，「老變態！」

「小姐，這是御膳局新做的果糕，您且嘗嘗吧。」小宮娥端了茶水糕點來。喬宓側首看去，小案几的托盤上擱了幾碟樣式新奇透著果香的糕點，宮娥將溫熱的蓮花茶倒入紅玉小杯中，正要退去，卻被她喊住了，「等等。」

前宮三大殿，是喬宓以往常來的地方，向宮娥一番打聽後，才知道景琮正在經天殿接待夜國使團，她便偷偷摸摸過去了。她身上那件宮娥制式的宮裙稍微大了些，行走間得提著裙襬，很是麻煩。怕被景琮發現，她便藏在了一群宮娥中，好不容易到了經天殿，卻只能站在肅穆的大殿外，幸虧她視力不差，踮著腳往裡看了看。

兩國和談的陣勢當然龐大，她聽到了裴禎清朗的聲音，似乎在說著什麼，而夜國使臣大笑答之。可是任由喬宓怎麼看，那百來人的使團裡也沒找出個傾城之貌來。

「別看了，夜太子沒在殿中，方才被送去重華宮了。」站在喬宓身側的小宮娥實在是看不下去了，拉了喬宓一把提醒她。

「重華宮？」似乎在三大殿不遠處，供重要使節入住的宮殿。蘋果臉的陌生小宮娥點了點頭，悄悄對喬宓說：「妳先等等，我方才聽主事的說，等會會選人去重華宮。」

於是這一等便是一個多時辰，站得喬宓雙腿發軟，期間聽著大殿內景琮陰寒高傲冷漠的聲音，好幾次嚇得差點倒在地上。功夫不負有心人，挑人的主事剛好點中了她。

去重華宮時，小宮娥還悄悄地跟喬宓分享白天見到夜太子時的盛況，「夜太子屬實好看，還有那個司命族的世子也不錯，不過再好看也比不得我們裴國相！」看著小宮娥清秀的小臉蛋一片通紅，喬宓深表理解。裴禎那般的俊美溫雅可不是人人能比，可惜自從秋獵回宮後她就再也沒見過他了。那一夜的激情……

「喂，妳在想什麼？好好看路，就快到了。」眼看著喬宓差點撞在宮廊的圓柱上，小宮娥拉了她一把。不遠處重華殿的瓊宇巍峨，連上了幾道玉階才進到宮門裡，喬宓收起了心中的繁緒，打算偷瞄那夜太子一眼就趕緊走人。不然若是被景琮知道，她又得遭殃。

還未進殿，主事的就讓宮娥們站成一排，說道：「等會一個一個進去，夜太子留了誰，這幾日便在重華宮伺候。小心些，莫要失了景國的顏面。」

說起那夜太子也是個怪人，用品挑剔就罷了，連伺候的宮娥都要過眼挑選，不順眼的根本不看。偏偏喬宓就不喜這樣的人，撇了撇嘴，想著還是溜走罷了。不過一個男人，再好看能比過景琮和裴禎？可惜她這剛想走，前面的宮娥就出殿來了，正巧輪到她進去。

「還不快進去，磨蹭什麼！」被主事一把推進正殿，喬宓勉強穩住身形。重華殿她還是第一次來，低著頭打量一圈，殿內四下站著不少異國服飾的男女，想必是夜太子的人了。

喬宓被一個帶著彎刀的男人領進內殿，挑開硨磲珠簾時，她才發現走在前面的男人戴了耳環，曲線硬朗的五官還算不錯。「殿下，可要留？」男人朝巨大的墨玉屏風處行了一禮，詢問道。

半晌沒得到回應，喬宓便抬頭往那處看了看，忽而視線一定，看著墨玉屏風轉角的地方，似乎有個東西幽幽在動。正想努力探究，那東西忽而甩了出來，喬宓瞬間驚恐地瞪大眼睛。竟然是一條足有她小腿粗細、鱗甲幽黑的長長蛇尾！

「啊！！」喬宓尖叫一聲，她還是第一次見到那麼粗的蛇尾巴，想起景暘說過的話，她下意識轉身往殿外跑去，心中那點窺探男顏的色心早就嚇沒了。

還沒跑兩步，纖細的腳踝便被纏住緊箍，她還來不及回神，人就被拽進了屏風內。喬宓能感覺自己似乎撲到了一個人的身上，狼狽地趴坐間，小手隱隱摸著一片冷滑的東西。她嚇得小臉煞白，閉緊眼睛不敢睜開。

「原來是妳啊。」喬宓喜歡臉，更喜歡聲音好聽的男人，不同於景琮的陰寒和裴禎的清朗，此人的聲線極為特別，磁性滿滿的邪氣夾著絲絲微涼的氣息，危險地灑在她的雪頸上。

她眼睛閉得死緊，下意識伸手擋住被男人哈氣的耳際，瑟縮著微顫。那種若有似無的強者壓迫感，讓喬宓有些害怕。這種可怕的感覺她只在景琮的身邊體驗過。

「怎麼閉著眼睛？膽子這般小？」夜太子似乎無法理解她的驚懼，冰涼的手指掃在喬宓抖動的長長眼睫上，說話的氣息又近了耳旁幾分，逼得喬宓睜開了眼睛。

喬宓驚愣地看著眼前這個男人，不可否認是真的很好看。俊逸無匹的五官精緻，彷若老天用最好的玉石雕刻而成，輪廓硬朗，目光卓爾，薄唇如水，看似不經意的微笑，不自覺地便有股逼人的威壓。若要形容，喬宓只能想到四個字——邪魅狂狷。

她呆愣地雙手撐在他的胸前。上等的墨綢廣袍，交襟的衣領上繡著騰飛的赤色蟠龍，若是細看，點睛的竟全是血紅的緋玉。

「孤好看嗎？」見她一副呆愣模樣，夜麟妖邪一笑，伸手扣著喬宓的下顎抬高。十五六歲的貓女長得倒是姝麗嬌人，特別是這雙幽黑的俏麗貓瞳，澄澈得彷若能倒映出他的身形來。也不怪裴國相那樣的人，到最後也沒忍住。

喬宓才不理他，壯起膽子往方才摸到的地方看去，那片冰滑早已消失不見，連帶著蛇尾也沒了蹤影，只有夜太子的一雙長腿微分，將她按在懷中。

「放開我！」沒有蛇尾巴，喬宓便沒那麼害怕了，躲開夜麟摩挲她小臉的冰冷手掌，就想往地上跳。夜麟可不給她那個機會，箍著佳人的纖細柳腰往錦榻上一甩，在喬宓的驚呼中欺身壓上去，迫不及待地張嘴咬住她髮間的粉白貓耳，含住細細的絨毛嫩肉在齒間輕啃。

「啊！你這個色魔，放開我！」貓耳是喬宓的敏感所在，被夜麟二話不說地咬住，瞬間就酥麻了整個脊梁骨。她的小手抵著夜麟壓下的胸膛，不斷地掙扎捶打，粉光若膩的小臉羞恥地漲紅。迄今為止，這是第三個吸她耳朵的男人了！

夜麟低聲輕笑，扣著喬宓的桃腮，鬆開被他咬溼的軟萌貓耳，轉而用唇舌游走在喬宓的臉頰上。漆黑的邪魅眸眼深不見底，隱約燃著一團詭異的火光，嚇得喬宓掙扎得更厲害了。

「別亂動，沒想到這麼快就能找到妳，味道真不錯。」

「唔唔！」喬宓被他強勁的大掌扣住嘴，連一聲求救都發不出來，依稀能感覺到遊走在臉上的舌尖溼冷得可怕。她緊張得小心臟都掙扎到喉嚨了，完全不記得自己在哪裡見過這個人！

看著喬宓被嚇紅了眼眶，夜麟方才停嘴，仔細地打量這嬌小的貓女。她實在弱得可憐，他只要稍稍動動手指似乎就足以取她的性命。可是，他卻愈發捨不得下手了。

這事說起來，連夜麟自己都覺得匪夷所思。猶記得那次暗殺失敗，他被景琮那老東西一掌打回原形，墜落山崖後，為了保存體力縮小了體型。好不容易縮到了一株野葡萄藤蔓上靜靜休養元神，豈料喬宓摸葡萄摸到了他的腦袋上。

貪吃的小貓，他當時想也沒想就張口咬在了白嫩的小手上，釋放的毒液完全夠她頃刻間斃命。未料，當時他被景琮傷慘了，連帶著放毒都沒放對。蛇族本就性淫，毒牙中自帶淫毒，這小笨貓走了狗運，正好享用了夜太子有史以來第一次噴出的淫毒。

說起那個激情的夜晚，夜麟覺得回憶起來都是殘忍的。他的術法暫時被封，憑著體力根本跑不了多遠，咬了喬宓後，他千難萬險地縮到了另外一株葡萄藤蔓上，就著月色和篝火，觀看了一整夜的男歡女愛。

因為距離過近，不該聽的不該看的，他都看到聽到了。更要命的是他竟然有了反應，眼睜睜看著那裴禎將小貓女壓在身下猛幹，晃動的蓮足玉乳，撩撥得他心魔攢動。那一夜，他差點走火入魔，天亮時只剩半條蛇命，狼狽地掛在葡萄藤蔓上吹了半天的秋風！

「唔！唔唔！」喬宓被夜麟眼中的邪意驚得不淺，這無異於猥褻的行為，讓她後悔不已，早知道夜太子是個色魔，她也就不貪看他的臉了。

「妳這貓倒比狐族的媚女還厲害。」夜麟正說著，冷不防被喬宓咬在了大掌的虎口上，貝齒尖利。只聽他嘶的一聲，喬宓看準時機化回原形，在夜麟不及反應的情況下，往殿外竄去。

「抓住她。」喬宓逃命似地張開四腳，身後傳來夜麟不溫不火的下令聲，當即有腳步聲朝她追來，急得她連方向都沒看好，一個勁地亂跑。

「喵！」眼前突然出現一雙靛青色的長靴，沒剎住腳的喬宓硬生生飛了上去，小小貓頭瞬間被撞得頭暈眼花，即刻摔在地上跑不動了。

那人彎腰將暈眩的喬宓撿起來，提著她的雪絨後頸，湊在眼前仔細一看，愈看眉頭便鎖得愈緊，手指翻弄著她的貓耳和尾巴，「果果?!」

第二十五章

喬宓暈呼呼地看了看拎著她的男人，二十來歲的模樣，神骨秀氣，朗目疏眉，驚疑不定地擒著她仔細翻看，「果果！真的是妳？妳怎麼會在這裡！」

他的語氣很是驚喜又有些氣惱，捏了捏喬宓的胖萌貓臉，剛要再說什麼，身後忽而傳來幾聲淺淺的腳步，一道清冷男音響起，「煩請世子將貓放下。」

這聲音……喬宓偏著頭看去，果不其然是穿著朝服的裴禎，手中拿著那把墨玉骨扇，溫雅的面上笑意冷然，不悅地看著拎住喬宓的男人。

蒼啟俊眉微蹙，恰巧重華宮裡夜麟的人也追了過來，被他揮手制止，將喬宓輕輕地抱在臂彎中，便看向裴禎，「裴相識得她？」

「當然識得，還請世子放下。」裴禎不著痕跡地上前幾步。

「放下？裴相可知她是誰嗎？就算在你們景國的皇宮裡，本世子既然找到了她，就不可能放開。」他的態度忽而強硬起來，被制在臂彎間的喬宓終於清醒了幾分，看看這個陌生男人，再望望那頭的裴禎，她幾乎用盡全力揮舞爪子招呼身上的手。

「嘶！」光顧著與裴禎對峙，蒼啟一時疏忽，冷不防被喬苾抓了一把，下意識鬆了手。眼看著貓往地上墜去，他速速伸手去撈那抹白色。

卻聽到「嗖」的一聲，裴禎頃刻展開了手中的骨扇，朝著這邊一揮，即將摔在地上的胖貓就陡然消失了。蒼啟撈了個空，氣急敗壞地朝裴禎看去，貓正乖巧地縮在他懷裡。

「把果果還給我！」

「果果？」裴禎冠玉翩然的面上微沉，安撫地摸了摸喬苾的小腦袋，朝蒼啟說道：「本相不知世子口中的果果是誰，她叫喬苾。再提醒世子一次，這裡是景國的皇宮，萬事還需以禮為先。」言罷，裴禎就抱著喬苾轉身離開，絲毫不理會那司命族世子在後面的叫喊。

出了重華宮，又穿行了幾道宮門，彎彎繞繞曲水複廊，也不知裴禎要往何處走，喬苾不由得抬起小腦袋，弱弱地叫了一聲，「喵嗚！」

可是回應她的卻是一巴掌，不重的力道打在了翹起的雪白毛絨屁股上，疼得喬苾趕忙將腦袋往裴禎懷裡鑽，再也不敢亂動了。

待裴禎停住腳步，已在另一處僻靜的宮殿了。他推門而入，一揮手間，雙扇的楠木雕花宮門立刻重重關上。殿中置物不多，正巧臨窗處有一席竹榻，他將喬宓直接扔了上去。

「喵～」前腳一個踉蹌的喬宓摔得頭暈，才喵嗚了一聲，就被裴禎用手指點在額間。後亮光一閃，她幻化了人形。

「國、國相……」喬宓縮在竹榻內側，面上粉光若霞，下意識抱著一對玉乳，夾緊了腿間旖旎，可是怎麼擋，這一身光裸雪膚還是展露在了裴禎眼中。

國相大人難得正在氣惱，清叡的目光掃視著羞怯的少女，向來淡然如水的強大心房，現在正亂得厲害，戴著血玉扳指的右手緊握著骨扇，幾經醞釀才平復了些許，「為何要去重華宮？」

這次喬宓自知理虧，趕緊如實交代，「我、我只是好奇，才去看看，下次不會了。」本來只是想去目睹一下夜國第一美男的風采，沒想到那個夜太子竟然是個色魔，要不是她跑得快，少不了被輕薄一番，若是被景琮知道，大概又會幾日不能下床了。不過，現在她跟裴禎在一起，還這般裸著，似乎更加危險。

裴禎很少如此生氣，緊抿著弧線溫和的唇，朱紫的雲鶴朝服凜然，本是優雅至極的謫仙，偏偏被喬宓這不知趣的貓拉下了凡俗，「那有看到了？小喬覺得好看嗎？」

喬宓忙搖頭，精緻的小臉上酒窩微旋，示好地笑道：「再好看也不及國相……」幽黑的眼瞳明亮，彷若浸入碧水般澄澈如洗。

便是這麼一雙水晶似的眼睛，已經不知入夢幾回了，撩撥得裴禎念不得，也忘不得，日日都被磨著心。活了二十六年，這般輾轉難安還是頭一次體會。

裴禎往竹榻沿上坐去，白玉腰帶上墜著的玉玦清響，峻挺的腰背隱約透著幾許孤寂。他大手一揮，榻畔便多出一套粉白的女子裙衫來，「還不快點穿上。」

喬宓被他的態度晃得有些摸不著頭腦，瑟縮著抓過那堆雲紗，找了小衣往身上穿，見裴禎不曾轉頭來看，心中竟然有了幾分落寞，「子、子晉哥哥……」

卻見裴禎寬闊的背影微震，喬宓就知道他並非看上去那般無情，青絲間的貓耳微抖，就朝裴禎撲去，纖柔的嬌軀緊緊貼在男人的後背上。

又是那股淡淡的蘭草香，浸脾舒心。裴禎大手輕動，袖口處金線鑲繡的雲海祥紋翻騰，掌間帶了勁風，一眨眼的功夫，嬌柔的少女就被他抱在了懷中，看著她不曾繫帶的褻衣，便皺了眉，「成何體統。」

修長的手指溫柔地替喬宓拉攏雪紗小衣，無視胸前那傲人的渾圓椒乳，在腰側替她繫上了蝴蝶結。

喬宓咧嘴璨笑，藕節般的手臂纏上他的頸間。眼看裴禎伸手去拿褻褲，她甩著長長貓尾纏住了他的手腕，清音嬌囀道：「子晉哥哥的耳朵怎麼紅了？」

她說話的時候就湊在他耳際，刻意吐出嬌嫩的妙舌輕舔，察覺裴禎攬著她腰間的大掌重了幾分，她笑得愈發開懷。

裴禎神色從容地捏了捏她的柳腰，無奈道：「莫要胡鬧。」他撥開她的貓尾，就將寬大的褻褲往她光裸的腿間套，轉而又是羅裳綢裙，一件一件極其耐心地替她穿好，整個過程喬宓都乖乖的，再也不鬧他了。

「還有頭髮。」喬宓愉悅至極地窩在裴禎的懷中，享受著國相大人的親自伺候。一把凌亂的青絲塞到裴禎手中，理所應當地等待著他為她挽髮。

兩人湊得很近，從喬宓的角度正好看見裴禎微愣的側臉。有道是美人如花隔雲端，俊美的男子也是如此，翩然雅致如他，總是帶著一股說不出的神祇般優雅，撩撥得她貓心發癢，連景琮的懲罰都忘到腦後了。

裴禎淡然地挑眉，變出了一把白玉嵌珠的篦子，攏著喬宓長長的烏黑秀髮，從頭輕輕梳到尾。好幾次碰到她豎立的茸茸貓耳，那軟綿的一團不禁讓他生出幾分憐愛。才揉了揉她的小腦袋，少女就順勢爬上他的腿，嬌嫩的唇貼在他的薄唇側，帶著淡淡的果香，幾秒後才分開。

「這是宮中，收斂些。」他話音微冷，溫潤的月眸漸起波瀾，分出一半的青絲開始挽髮。

喬宓失望地坐在他腿間，撇著丹色的櫻唇，眨眨水亮的眼，「方才那個男人是誰？」

「夜國司命族的世子，蒼啟。」

蒼啟？喬宓忽而一愣，總覺著這個名字有些耳熟。豎立在髮間的貓耳顫了顫，腦海中突然想起一件事情，她匆匆問道：「那個蒼驊是他的什麼人？」

裴禎點了點她不安分地動彈不停的小腦袋，淡淡回道：「當然是他父親，小喬認識？」

「不、不認識。」想起方才蒼啟擒著原形的她時，幾番確認才喊出了名字，肯定是不會認錯的。加上早先景琮就發現她的術法有異時，也提及了司命族長的名號。看來，她和這個司命族似乎有著千絲萬縷的關係呀。「她」究竟是誰呢？

喬宓這邊還百思不得其解，裴禎已經幫她梳好了髮髻，末了將手中的白玉流蘇篦子插在了她的髮間，玉指理了理她額前的碎髮，淡然的唇側隱約有了暖意。

「可喜歡？」心下一動，他手中便多出一把鏡子來，遞到喬宓面前，將嬌俏的貓咪少女映在清晰的鏡中，清聲詢問著。

看看鏡子裡的自己，喬宓斂了心中愁緒，驚喜地摸了摸精緻的小髻，笑意微漾，可是轉瞬又有些挫敗，撇著小嘴幽幽地望向裴禎，「子晉哥哥這般會挽髮，可是常與女子纏頭？」

她這醋意來得陡然，裴禎溫潤如玉的面上一怔。少女那癟嘴顰眉的模樣實在可愛，他伸出手指親暱地捏了捏她的鼻頭，無奈笑道：「未入朝時，偶爾為幼妹挽過，這麼多年過去，似乎有些手生了。」

喬宓這才鬆了口氣，轉念一想，裴禎這般的男神又怎會與過多女子糾纏，連景琮都瞭解他溫和的面孔下有著怎樣清冷的個性，她竟然還質疑他，不禁有些懊悔。

「對不起，我……那你妹妹呢？」能有裴禎這樣的哥哥，真不是一般的幸福。

提起幼妹，裴相唇間的笑意深了幾分，掩藏不住寵溺的聲線微動，「五年前成親了，嫁去了璧北，生了一雙兒女，都是本族，聰穎得很。若是有機會……我帶妳去瞧瞧。」

「都是小獅子嗎？」喬宓莞爾驚呼，墨瞳水亮。

「嗯。」

喬宓回了炤令苑的蓮臺，正巧碰見景琮遣人送瓜果來給她，有驚無險地躲過了查哨，之後就再也不亂跑了。

夜幕降臨，前宮華宴始開，直到深夜景琮才回了玄天殿。入了內殿，只見微暖的珠光下，巨大的龍床間拱起一團，景琮帶著酒氣的長臂一揮，拉開了天蠶絲的被子一角。

酣睡的少女唇邊還殘留著果糕的碎屑，手中抓著一本畫冊，呼吸勻稱地入了夢。

「懶貓。」景琮低笑一聲，陰寒的眸底漸融，輕輕地抽走她手中的冊子，又用指腹揩了她嘴邊的點心屑，找回被她踢到床側的遊龍繡枕，將小腦袋放上去躺好。一切都是悄無聲息的溫柔，夢中的喬宓舔了舔嘴，睡得更熟了。

第二日宮學開堂，喬宓被景琮拍著屁股從床上趕了起來，用完早膳就坐著轎攆往宮學去。路過景臺時，她瞧見一庭的珍珠梅盛妍，便讓宮人停了下來。前些時日她將壓在書中的乾花送了些給景暘，小皇帝極是喜歡，便想著採些珍珠梅也壓成乾花送些給他。

她往庭中花叢裡一站，濃郁的芳香撲鼻，剛挑了花朵飽滿的梅樹折了幾株，忽而就見宮廊上過來幾人，遠遠只能瞧見服飾怪異，並非景國人。喬宓愣了愣，宮學偏近前宮，似乎距離重華宮很近，那大概是夜國使團了，再仔細瞧瞧那些人，頭前不就是那位司命族的世子？

「果果！」喬宓才剛準備拿花遮住臉溜走，這聲高呼驚得她提起裙子就跑。

蒼啟一開始還不能確定那少女便是他要找的人，可是愈近就愈熟悉，隱約看見如花嬌靨的側顏時，他更是驚喜了。這才叫了一聲，那少女就跑走，與昨日的貓何其相似，他更加確定了。

「果果等等！」他這一急就用了術法，身形一晃便擋在喬宓前面，攔住她的去路。

「請讓開。」躲不過的喬宓只能仰著小臉，友好地笑了笑。老實說她對原主的身分並不是太感興趣，甚至還有幾分不祥的預感。

蒼啟的臉色不太好，俊逸的眉峰緊鎖，二話不說就抓住了喬宓的右手，一股灼燙的熱息氤氳開來。

「啊！」喬宓被燙得半隻手臂發麻，痛呼了一聲。

「究竟發生了什麼？為何妳的元神受損得如此厲害?!我找了妳三年了，妳……妳真的什麼都不記得了？」他的話音焦急，說到最後連聲線都帶了顫意，眸中是掩不住的沉痛之色。

——《萬獸之國・上》完

高寶書版集團
gobooks.com.tw

ERO5
萬獸之國．上

作　　者　黛　妃
繪　　者　JNE*靜
編　　輯　薛怡冠
校　　對　林雨欣
美術編輯　林鈞儀
排　　版　彭立瑋
企　　劃　李欣霓、黃子晏

發 行 人　朱凱蕾
出　　版　三日月書版股份有限公司
　　　　　Printed in Taiwan
地　　址　臺北市內湖區洲子街88號3樓
網　　址　www.gobooks.com.tw
電　　話　(02) 27992788
電　　郵　readers@gobooks.com.tw（讀者服務部）
傳　　真　出版部　(02) 27990909　行銷部 (02) 27993088
郵政劃撥　50404557
戶　　名　三日月書版股份有限公司
發　　行　英屬維京群島商高寶國際有限公司台灣分公司
　　　　　Global Group Holdings, Ltd.
初版日期　2022年1月

國家圖書館出版品預行編目(CIP)資料

萬獸之國 / 黛妃著.-- 初版. -- 臺北市：三日月書版股份有限公司出版：英屬維京群島商高寶國際有限公司臺灣分公司發行, 2022.01-
冊；　公分. --

ISBN 978-986-0774-44-3(上冊：平裝). –
ISBN 978-986-0774-45-0(下冊：平裝)

857.7　　110016769

三日月書版

三日月書版

GOBOOKS & SITAK GROUP©

GOBOOKS & SITAK GROUP©